Für Otto
Und für Andreas, Elisabeth und Paul

INHALT

KINDHEIT

„Herr Doktor, bitte können Sie mir das Kind wegmachen?“

Im Juni 1926 suchte die Mutter den Gemeindearzt auf. Er gab ihr eine Ohrfeige und sagte, sie solle sich nicht versündigen, der Zorn Gottes würde sie treffen. Enttäuscht machte sie sich auf den Heimweg. Sechs Monate später, im Dezember 1926, kam Othmar Berger als letztes von fünf Kindern zur Welt. Der Vater hatte anfangs keine Freude mit ihm; die Sorge um die Zukunft war seine stete Begleiterin, doch mit der Zeit gewöhnte er sich daran, dass ein Kind mehr im Haus war. Vielleicht würde es bald bei der Arbeit mithelfen können.

Othmar wuchs in der Landschaft der von Wäldern und Bergen geprägten Obersteiermark auf.

Die Familie lebte in einem Holzhaus am Waldrand, im Erdgeschoß befanden sich die Wohnstube, die Küche und eine Kammer. Der mit Holz befeuerte Sparherd wurde zum Kochen und Beheizen der Stube benutzt. Zu den Mahlzeiten saßen sie um den runden Tisch, der in der Mitte stand. Das Sofa an der Wand galt als etwas ganz Besonderes. Die Kinder durften sich, wenn überhaupt, nur an Sonn- und Feiertagen daraufsetzen.

Zur Stube gehörte eine Werkbank, auf der der Vater nach der Waldarbeit die Geräte reparierte. Es war eine harte und anstrengende Arbeit, der er nachging. Die Bäume wurden mit der Hand gefällt, mit Äxten entastet und mit Stahlketten auf Pferdewägen gezogen. Der Lohn war karg.

Im Winter verdiente er ein bisschen Geld dazu, indem er Teile für Musikinstrumente herstellte.

Die Mutter war die meiste Zeit in der Küche beschäftigt. An der mattschwarz gestrichenen Wand hingen Kochtöpfe und Pfannen, auf einzelnen Holzbrettern und Wandvorsprüngen standen Flaschen und Krüge. In der Kammer daneben bewahrte sie die Vorräte auf.

In ihrer Mädchenzeit hatte sie ein Bild gestickt, auf hellem Leinen waren in blauem Kreuzstichmuster die Worte *Bewahret einander vor Herzeleid, Kurz ist die Zeit, die ihr beisammen seid* zu lesen. Es hing zwischen

den Fenstern. Manchmal stellte sich Othmar auf einen Sessel und strich mit seinen Fingern über die Buchstaben, als versuchte er, ihre Bedeutung zu verstehen.
Eine schmale Treppe führte in das obere Geschoß zu den Schlafräumen, sie lagen direkt unter den Dachbalken. In den seltenen Momenten, die sich Othmar im Schlafraum der Eltern aufhielt, betrachtete er das Gemälde über dem Bett. Ein Mann auf dem Gipfel eines Gebirges blickte in den dichten Nebel, aus dem Felsen und vereinzelte Bäume herausragten. Manchmal verspürte Othmar Lust, in das Bild hineinzusteigen, um darin umherzuwandern. Neben dem Bett stand ein mit bunten Heiligenbildern verzierter Schrank. Wenn die Mutter ihn öffnete, duftete es schwach nach Veilchen, da sie Seifen zwischen die Wäsche gelegt hatte.
Ein paar Schritte vom Haus entfernt lag das Plumpsklo. Es kostete Othmar jedes Mal Überwindung, abends in der Dunkelheit in der kalten, zugigen Öffnung seine Notdurft zu verrichten. Im Sommer mischte sich das Gewimmel der Fliegen mit dem Gestank, der aus der Grube voller Exkremente heraufdrang. Es ekelte ihn davor. Er

lief dann so schnell er konnte ins Haus zurück und warf die Tür hinter sich zu.
Während die Geschwister an kühleren Tagen im Herbst in der Stube spielten, kniete er auf einem Sessel am Fenster und verfolgte mit großen Augen den Zug der Wolken. „Was siehst du denn da?“, fragte die Mutter und strich ihm durchs Haar. Othmar antwortete ihr nicht, da sie keine Antwort abwartete, sondern sich wieder ihrer Arbeit widmete. Er war ein feinfühliges Kind und der Liebling der Mutter. Zwei seiner drei Schwestern und der Bruder konnten nicht viel mit ihm anfangen, aber sie respektierten ihn, denn Zusammenhalt galt als oberstes Gebot.
Wenn sie nach der Schule den benachbarten Bauern auf dem Feld halfen, um das Einkommen der Eltern aufzubessern, nahm die Mutter Othmar in das Gasthaus mit, in dem sie stundenweise arbeitete. Still saß er auf einem Schemel in der Küche, so hatte sie ihn im Auge und konnte ihn beaufsichtigen. Sie hatte vom Wirt die Erlaubnis bekommen, solange sich der Bub ruhig verhielt

und niemanden störte. Wenn er einschlief, legte sie ihn auf das Kanapee in der Kammer neben der Küche.

Als er fünf Jahre alt war, brachte Othmar sich das Lesen bei. Auf der Kommode in der Kammer lag ein Groschenheft. Er erfasste den Text und die damit verbundene Information, die sich hinter den Buchstaben verbarg und bemerkte, wie groß der Vorteil war, Schrift auch außerhalb des Groschenheftes lesen zu können.

Während ihrer Arbeit machte sich die Mutter Notizen und er sah ihr dabei zu. Er nahm den Bleistift in seine rechte Hand und begann, die Buchstaben nachzuzeichnen. Einige Zeit später fand sie einen Zettel, auf dem stand: *von Othmar, für Mutter*. Darunter hatte er einen Vogel gemalt. Sie streichelte seine Wange und sagte: „Da hast du mir eine rechte Freude gemacht!“ Es war nicht üblich, gegenseitige Zuneigung laut zum Ausdruck zu bringen, aber ihr Lächeln ermunterte ihn, sie zu umarmen. Im selben Moment hörte er sie leise sagen: „Bist ein gutes Kind.“

Am Sonntagnachmittag gingen die Geschwister in den Ort, der Vater und die Mutter saßen im Schatten eines

Apfelbaums vor dem Haus. Othmar war allein in der Stube geblieben, aber da ihm bald langweilig wurde, schlich er sich hinter dem Rücken der Eltern in den Wald. Am Weg standen Blumen, und er begann, eine nach der anderen zu pflücken. Um den Strauß zu verschönern, füllte er ihn mit Flattergras auf - die Mutter hatte es gern. Er geriet immer tiefer in den Wald, bis er zu einer Lichtung kam, auf der ein totes Kaninchen lag. Sein Fell war zerrissen und aus dem Bauch quollen die Eingeweide heraus. Erschrocken machte er einen Satz zur Seite. Vielleicht war ein Fuchs der Übeltäter gewesen und saß lauernd hinter einem Baum! Am Himmel sah er einen Falken gleiten, der darauf wartete, herabzustoßen. Othmar begann zu laufen, aber welchen Weg sollte er nehmen? Von wo war er gekommen? Nichts war mehr vertraut, alles sah gleich aus. Erschöpft ließ sich Othmar auf einen bemoosten Baumstumpf sinken. Wenn er sterben würde, weinten sie wahrscheinlich, die Geschwister, vielleicht sogar der Vater, und die Mutter … ach! Die Mutter! Wie gut täte jetzt ihre Nähe! Er begann, bitterlich zu weinen.

Es dunkelte bereits. Immer noch saß er auf dem Baumstumpf, da vernahm er Stimmen, die seinen Namen riefen und hörte Geräusche von knackenden Ästen. Eine Gestalt kam näher: Es war sein Bruder Alois, der den Kopf schüttelte und schrie: „Hab ihn!“ Er setzte ihn auf seine Schultern und knurrte: „Und halt mir die Blumen nicht mitten ins Gesicht.“
Daheim stellte er ihn auf dem Boden ab. Der Vater war rot vor Zorn. „Haben wir dir nicht gesagt, dass du nicht allein in den Wald darfst?“ Othmar senkte den Kopf und erwartete eine heftige Ohrfeige, zu seiner Verwunderung blieb sie aus. „Hast du die Blumen für die Mutter gepflückt?“, fragte der Vater in einem milderen Ton. Othmar sah, wie er mit sich kämpfte, und nickte scheu. „Lass es gut sein“, sagte die Mutter zum Vater und holte einen Krug. Der Blumenstrauß stand über eine Woche auf dem Tisch.

Im September 1933 kam er in die Volksschule. Er trug seine besten Hosen und dazu ein Hemd, das ihm der Schneidermeister Kleeweis genäht hatte. Der

Schulranzen aus dunkelbraunem Leder war ein Geschenk der Wirtin.
Leopold Gruber, der Lehrer, war ein junger Mann von großer, hagerer Statur. Er betrat das Klassenzimmer und musterte die Gesichter der Kinder. Der Ernst des Lebens werde nun beginnen, sagte er, und dass Schule manchmal bitter sein müsse, da sie sonst nichts bewirke. Othmar betrachtete die Knie des Lehrers und stellte erstaunt fest, dass sie ein wenig zitterten. Der Lehrer folgte seinem Blick. „Du bist doch der Berger, nicht wahr? Also, Berger, was gibt es da zu sehen?“ Othmar spürte, wie seine Wangen brennend heiß wurden. Kleinlaut senkte er den Kopf und murmelte: „Gar nichts.“ „Geht es vielleicht *noch* leiser?“ Da sah Othmar ihm in die Augen und sagte klar und deutlich: „Gar nichts!“ „Dann ist es gut. Setz dich aufrecht hin.“ Er wandte sich den anderen zu. „Für euch gilt dasselbe. Die Hände werden auf den Tisch gelegt, die Füße stehen parallel nebeneinander auf dem Boden. Nun meine erste Frage: Was ist im Unterricht am wichtigsten?“ Keines der Kinder wagte zu antworten. „Ich werde es euch sagen. Allem voran geht es

um Gehorsam, Fleiß, Ordnung und Sauberkeit. Ihr gehorcht auf jedes meiner Zeichen und führt meine Befehle geräuschlos aus." *Wie soll ich das denn machen, wenn er mich etwas fragt?,* dachte Othmar. Der Lehrer fuhr fort. „Das Aufstehen, das Hinsetzen, das Schönschreiben von Buchstaben, das Betreten und Verlassen der Schule läuft auf mein Kommando, gleichzeitig und im Takt. Habt ihr das verstanden?" Niemand rührte sich. „Das heißt: Ja, Herr Lehrer!" Gleichmäßig wie im Chor folgte die Antwort.

Neben Othmar saß Elias Kleeweis, den sie Eli nannten. Er war der Sohn des Schneidermeisters.

„Der ist vielleicht ein Schmock", flüsterte er Othmar zu. Der Lehrer hatte es gehört. „Jetzt sag ich dir etwas, Kleeweis. In meinem Unterricht wird nur dann gesprochen, wenn ich es erlaube. Ich dulde es nicht, wenn hier einer außer mir redet. Und an deiner Stelle würde ich mich ganz besonders zusammenreißen." Eli, mit seinen langbewimperten dunklen Augen, hielt seinem Blick stand. Othmar überlegte, warum sich Eli, der als kluger und höflicher Junge galt, besonders zusammenreißen sollte. Mochte der Lehrer ihn nicht?

Er blickte zum Fenster hinaus. Schwärme von Vögeln zogen über den Himmel, der Wind riss an den Bäumen. Er hatte Sehnsucht nach dem Wald.

Endlich gab der Lehrer die Anweisung, die Schule zu verlassen. Othmar ging zusammen mit Elias, der in der Nachbarschaft wohnte. „Du sag, was ist denn ein Schmock?“ „Na, ein Esel halt.“ „Ich kenne das Wort gar nicht.“ „Mein Großvater hat das immer gesagt.“ Am Bach trennten sich ihre Wege. Daheim stellte ihm die Mutter einen Teller mit Rahmsuppe auf den Tisch. „Und? Wie war's?“ „Ich glaube, ich mag den Herrn Lehrer nicht.“ „Du musst ihn ja nicht mögen. Hauptsache, du lernst etwas.“ Er zuckte nur die Achseln.

Beim Abendessen fragte Othmar: „Wieso hat der Herr Lehrer zum Eli gesagt, dass er sich zusammenreißen soll?“ Alois warf den Kopf in den Nacken und lachte. „Na, weil er ein Jud ist!“ Die Mutter, die gerade Wäsche bügelte, stellte das Kohleeisen mit einem heftigen Ruck auf den Eisenrost. „Was soll das heißen?“ „Geh, Mutter, das weißt du doch!“ „Nein, das weiß ich nicht. Aber vielleicht kannst du es mir erklären.“ „Die Juden sind doch daran schuld, dass es uns so schlecht geht!“ „Wer sagt denn so etwas?“ „Alle, die ich kenne.“ Sie verschränkte die Arme über der Brust. „Dann will ich gar nicht wissen, wen du da kennst. Die Eltern vom Eli sind rechtschaffene Menschen.“ „Aber Juden sind sie trotzdem.“ Da schlug sie ihm ins Gesicht. „Ich sag dir jetzt etwas. Solange du unter unserem Dach lebst, will ich so etwas nicht mehr hören. Das muss eine feine Gesellschaft sein, in der du dich da bewegst.“ Der Vater saß auf dem Sofa und zog an seiner Pfeife, bevor er ihm eine Frage stellte. „Alois, erinnerst du dich daran, wie dich der David, der große Bruder vom Elias, vom Wirtshaus nach Hause geschleppt hat, weil du so betrunken warst?“ „Und?“ „Die Kleeweis sind unsere Nachbarn. Und sie waren immer gute Nachbarn.“ „Kann schon sein, Vater. Bis jetzt waren sie Nachbarn. Aber jetzt sind sie Juden.“ Er warf seinen Sessel um und rannte die Treppe hinauf. Othmar bemerkte den Blick, den sich die Eltern zuwarfen - vielleicht hätte er die Sache mit Eli nicht erwähnen sollen. Gerti, die neunjährige Schwester, verfiel in einen spöttischen Singsang.

„Erste Klasse – Tafelkratzer,
Zweite Klasse – Tintenpatzer,
Dritte Klasse – Alte Bären,
Vierte Klasse – Feine Herren!“

Frieda, die Dreizehnjährige, lachte boshaft. Die Mutter verpasste Gerti einen Klaps auf den Hinterkopf, worauf diese Othmar die Zunge herausstreckte. „In der Schule lernst du viele Lieder und Gedichte, das wird dir sicher gefallen!“, sagte Maria, die älteste der Schwestern. „Lieder? Gedichte?“, fragte er. „Ja! Das erste Lied, das ich gelernt habe, war *Der Mond ist aufgegangen*, das erste Gedicht der *Erlkönig*. Daran kann ich mich noch genau erinnern.“
Maria, die sie Ridi nannten, war seine Lieblingsschwester. Wenn sie lächelte, begannen ihre dunklen Augen zu leuchten - und sie lächelte oft. Er fand sie schön.

„Ridi, kannst du noch das Lied *Brüderchen, komm, tanz mit mir?*“, fragte die Mutter, während sie weiter bügelte. „Freilich!“ Schon begann sie zu singen, dabei fasste sie Othmar an den Händen und drehte sich mit ihm im Kreis.

Brüderchen, komm, tanz mit mir,
beide Hände rech' ich dir,
einmal hin, einmal her,
rundherum, das ist nicht schwer.

Sie wirbelten durch die Stube. „Das macht Spaß, nicht wahr?“, meinte sie. Othmar, erhitzt und mit roten Wangen, nickte heftig. Da hörten sie, dass der Vater die Melodie auf seiner Mundharmonika nachspielte. Othmar beobachtete ihn dabei, wie er ein- und ausatmete, zwischendurch die Lippen anfeuchtete, am Instrument blies und zog. Auf dem Tisch lag eine metallene Kassette, in die in roten Buchstaben *M. Hohner* eingraviert war. Als der Vater die Mundharmonika wieder hineinlegte, sagte er zu Othmar: „Die sollst einmal *du* haben.“

Bevor er einschlief, dachte er über die Worte des Vaters nach. Es war das erste Mal, dass er sich nicht vor ihm gefürchtet hatte.

Bereits in der ersten Schulwoche bekam Eli den Rohrstock des Lehrers zu spüren. Als er mit einer Antwort zögerte, musste er die Hand umdrehen und der Lehrer schlug ihm mehrmals mit dem Stock auf die Knöchel. Er biss sich auf die Lippen, gab aber keinen Laut von sich. Ein paar Tage später wurde er in die Ecke gestellt, weil er während des Unterrichts gelacht hatte. Als er mit Othmar in der Pause am Schulhof spielte, fiel er in das Geranienbeet, die Blumen lagen geknickt in der Erde. Er wurde blass. „Jetzt bin ich dran!" Nach der Pause prüfte der Lehrer ein Gesicht nach dem anderen, vielleicht könnte er in einem so etwas wie Schuldbewusstsein finden. Alle Augen senkten sich unter seinem Blick. „Kleeweis, schau mich an! Bist du es gewesen?" Da sprang Othmar sprang auf und sagte laut: „Ich war es." Die Kinder starrten ihn an. Er wusste, was ihn erwartete und ertrug die zehn Ohrfeigen, ohne mit der Wimper zu zucken. Als er Elis Blick auffing, las er darin Überraschung und Dankbarkeit.

Am Nachmittag saßen sie am Bach und Eli zog etwas aus seiner Hosentasche. Es war eine goldfarbene Dose, in schwarzen Lettern war der Name *Elias* eingraviert. Neugierig beobachtete Othmar, wie er sie öffnete. Er machte große Augen und sah eine Haarlocke und einen Milchzahn darin liegen. „Ist der von dir?“ „Ja“, sagte Eli, „den habe ich mir selbst herausgerissen.“ Stolz zeigte er ihm die Zahnlücke. „Und die Haare hast du dir auch selbst ausgerissen?“ Eli lachte. „Nein. Die hat mir die Mutter abgeschnitten und hineingelegt. Sie hat gesagt, das ist eine schöne Erinnerung. Du darfst sie ruhig angreifen.“ Voll Ehrfurcht befühlte Othmar die Haarlocke, den Zahn getraute er sich nicht anzufassen. Auf einmal sagte Eli: „Ich kann unseren Lehrer nicht leiden.“ „Ich auch nicht!“ „Der ist ein Nazi.“ „Was ist ein Nazi?“ „Ein böser Mensch halt.“ „Woher weiß du das?“ „Das hat mir der David erzählt. Der Gruber ist in so einer Ortsgruppe. Und er hält auch Versammlungen ab.“ Eli schwieg eine Weile, dann fragte er: „Warum hast du das heute in der Schule gemacht? *Ich* war es doch, der…“ Othmar unterbrach ihn: „Es hätte auch mir passieren können. Und außerdem wollte ich dem Gruber eins auswischen.“ „Wieso?“ Da grinste er und antwortete: „Ich glaube, er wollte lieber *dich* schlagen. Und das ist ihm nicht gelungen.“ Eli umarmte ihn. „Wenn wir groß sind, dann bauen wir uns jeder ein Haus, in derselben Straße, nebeneinander. Und dann spielen unsere Kinder zusammen. Und wir lassen es uns richtig gut gehen. Abgemacht?“ Er streckte Othmar seine Hand hin. Othmar, dem der Gedanke gefiel, drückte sie fest und sagte: „Ja, das machen wir!“

Am Abend erwartete ihn eine Überraschung. Der Vater führte ihn an der Hand zu dem Verschlag hinter dem Haus. „Schau einmal, Bub, die wirst du jetzt versorgen!“ und deutete auf zwei kleine weiße Kaninchen, die eng aneinander gekuschelt im Heu saßen. Als Othmar sie näher betrachtete, konnte er kaum mehr wegsehen; ihre Schutzbedürftigkeit rührte ihn. Er steckte seinen Zeigefinger durch das Gitter und wollte Kontakt mit ihnen aufnehmen. Die Augen der Kaninchen blinzelten, eine Art schläfrige Tiefe lag in ihrem Blick. „Sind das *meine*?“ Der Vater nickte: „Du bist jetzt für sie verantwortlich.“ „Darf ich sie dem Eli zeigen?“ „Freilich.“ „Darf ich sie einmal rausnehmen?“ „Ja, aber gib acht, dass sie nicht davonlaufen.“ Der Vater öffnete den Verschlag. Othmar steckte vorsichtig beide Hände hinein und nahm die Kaninchen an sich. Wie weich sie waren! Wie warm! Er küsste und wiegte sie ein bisschen. Als wäre es ihm noch rechtzeitig eingefallen, sagte er: „Danke!“ Der Vater fuhr ihm mit einer sachten Bewegung durchs Haar. „Du wirst das gut machen, das weiß ich.“ „Sind das zwei Männchen?“ „Ja.“ „Tun sie sich nichts?“ „Nein. Sie sind noch klein und wachsen miteinander auf“, meinte der Vater, bevor er ins Haus zurückging. Othmar stand eine Weile da und unterhielt sich mit den Tierchen, bis er Schritte vernahm. Es war Gerti. „Mit wem redest du denn?“ Ihr Blick fiel auf die Kaninchen. „Oh, sind die lieb, darf ich sie einmal halten?“ „Nein, die gehören mir“, antwortete Othmar und setzte sie wieder in den Verschlag. „Du neidischer Hund“, stieß Gerti zwischen den Zähnen hervor. Ihre Worte berührten ihn nicht. Die beiden waren jetzt seine Freunde und sollten es gut bei ihm haben. Er gab ihnen eine Schüssel mit Wasser, das er täglich wechselte, und fütterte sie mit Karotten und Petersilienwurzeln aus dem hauseigenen Gemüsebeet. Das alte Heu tauschte er zwei Mal in der Woche gegen frisches aus. Dann und wann borgte er sich die Haarbürste der Mutter aus, um ihr Fell glatt zu streichen. Als er eines Tages mit ihnen in der Wiese hinter dem Haus saß, näherte sich der Vater. Die Bürste fiel Othmar vor Schreck aus der Hand, aber der Vater sah nicht aus, als wäre er wütend. Er lachte nur. „Na, da wird die Mutter aber ihre Freude haben!“ „Ich gebe sie ja wieder zurück!“, beeilte sich Othmar zu erwidern. „Du musst die Haare von den Hasen rausgeben, damit die Mutter nichts merkt“, meinte der Vater mit einem Augenzwinkern. „Und – aufpassen, Bub, vor den Katzen!“ „Katzen gehen auf Kaninchen?“ „Katzen sind Raubtiere, das ist einmal so.“ Othmar wusste, dass Katzen Mäuse jagten, aber Kaninchen? Wie aus einem Instinkt heraus nahm er sie in seine Arme, um sie zu schützen. Keiner sollte ihnen etwas antun, keiner *dürfte* ihnen etwas antun! Im Stillen versprach er es ihnen.

Am Heimweg von der Schule sagte er zu Eli: „Du musst zu mir kommen! Ich muss dir meine Kaninchen zeigen! Du musst sie dir anschauen!“ Eli grinste. „Ich muss gar nichts!“ „Na, du weißt schon. Geht es heute bei dir?“ Eli ließ sich mit der Antwort Zeit. „Ich weiß nicht.“ Othmar hielt ihn am Arm zurück und sah ihn von der Seite an. „Was soll denn das heißen?“ „Komm, geh schon weiter. Weißt du, ich habe das Gefühl, dass der Alois uns nicht mehr mag.“ „Ach was, der Alois ist zurzeit komisch, das hat nichts mit dir zu tun.“ „Aber er redet ja auch nichts mehr mit dem David, und früher waren sie Freunde.“ Sie trotteten nebeneinanderher, ohne sich anzuschauen. Etwas Unbestimmtes, Unangenehmes lag in der Luft, als spürten sie die Vorboten des drohenden Unheils, das auf sie alle zukommen sollte, bis Othmar meinte: „Der Alois ist fast nie daheim. Und wenn er da ist und etwas Blödes zu dir sagt, dann sage ich ihm etwas zurück. Es geht ihn gar nichts an, wenn du mich besuchst.“ Er sah ihn abwartend an; Eli schleuderte einen Kieselstein mit seinem

Fuß aus dem Weg und zögerte, bis er leise sagte: „Dann komme ich eben."

Nachdem er die Mutter begrüßt hatte, zog Othmar ihn am Arm zum Verschlag. „Magst du sie einmal halten?"

Eli lehnte ab. „Mir ist es so lieber. Ich sehe sie ja." Zögerlich streckte er seine Hand durch das Gitter. Eines der beiden Kaninchen schnupperte an seinen Fingern und begann, an ihnen zu schlecken und knabbern. „Ich glaube, sie mögen mich!" „Sicher! Wenn der Alois in den Käfig greift, rennen sie immer gleich davon!" Lachend liefen sie zum Bach. Ein kühler Wind wehte, die Sonnenstrahlen hatten kaum mehr Kraft, sie zu wärmen, und in den Blättern der Bäume zeigten sich leichte Verfärbungen wie herbstliche Vorboten. Eli warf einen Stein ins Wasser und seufzte: „Mein Vater hat gesagt, dass wir vielleicht von da weggehen werden." „Was heißt ‚weggehen'? Wohin?" „Das weiß ich nicht. Er hat einen Brief von seinem Bruder aus Graz bekommen. Ich habe gehört, wie er zur Mutter gesagt hat, dass es hier nicht gut für uns ausschaut." „Habt ihr kein Geld mehr?" „Keine Ahnung. Als er mich gesehen hat, ist er auf einmal ganz still geworden.“ „Aber ihr habt so ein schönes Haus, es geht euch doch nicht schlecht!“ Eli gab ihm keine Antwort. „Du kannst immer zu uns kommen! Die Eltern haben dich gern. Wir haben zwar nicht viel Platz, aber …“ „Ich glaube nicht, dass das eine gute Idee ist. Du weißt doch, dass der Alois uns nicht leiden kann.“ Darauf schwieg Othmar. Der Wind war stärker geworden, Wolken zogen auf und der Himmel verdunkelte sich. Die beiden Buben trennten sich bald voneinander, ohne ein weiteres Wort zu wechseln. Othmar konnte sich nicht erklären, warum die Familie Kleeweis ihre Heimat verlassen wollte.

Ein paar Wochen später, als er von der Schule heimkam, führte ihn sein erster Weg wie immer zu seinen Kaninchen. Er stockte. Die Tür zum Verschlag war offen. Die Tiere waren weg. Othmar blieb das Herz stehen, er stand wie gelähmt da. Waren das Blutspuren in der Wiese? Lagen da Stückchen von Fell? „Mutter!“, schrie er verzweifelt. Sie kam eilig aus dem Haus und trocknete sich die Hände an der Schürze. „Mutter, wo sind die Hasen?“

„Die sind nicht mehr da." „Ja, das sehe ich, aber wo sind sie? Ich habe doch alles richtig gemacht, oder nicht?" Sie schwieg, als überlegte sie, wie sie es ihm beibringen sollte. Er war sehr blass geworden. „Bitte sag mir doch, was passiert ist!" Bevor sie ihm eine Antwort geben konnte, kam Gerti dazu. „Ich wollte sie einmal halten. Ich hab sie rausgenommen und in die Wiese gesetzt. Dann bin ich nur kurz ins Haus. Und wie ich dann zurück bin…" Othmar starrte sie mit weit aufgerissenen Augen an. „Was war dann?" Gerti blickte zu Boden, ihre Hände spielten verlegen mit der Kleiderschürze, als sie murmelte: „Die Katze vom Lechner ist da gewesen…" Othmar machte einen Satz auf sie zu und schlug ihr ins Gesicht. Gerti schrie auf, die Mutter zerrte ihn weg. „Hör auf, Bub!" Er rannte davon, in den Wald, und warf sich unter eine Tanne ins Moos. Er ballte seine Fäuste und trommelte wild auf den weichen Boden ein. Noch nie hatte er so empfunden. Er hasste die Schwester, die den Tod der Kaninchen verursacht hatte. Er hasste die Katze, die seine Kaninchen getötet hatte. Und am meisten hasste er das Schicksal, weil es so ungerecht war. Er lag auf dem Moos und wollte nichts mehr hören und sehen. Da vernahm er Schritte, es war die Mutter. „Du bist nicht schuld, Bub. Du kannst nichts dafür.“ „Aber ich habe sie so liebgehabt!“ Endlich konnte er weinen. „Warum hat der liebe Gott das nicht verhindert?“ Die Mutter seufzte tief. „Der liebe Gott hat damit nichts zu tun.“ Das erste Mal in seinem Leben dachte Othmar, dass sie sich irrte; die Tränen liefen ihm über die Wangen. „Ich will gar nicht mehr leben.“ „Das macht die Hasen auch nicht wieder lebendig.“ Sie nahm ihn an der Hand und er ließ sich von ihr heimführen.

Am nächsten Tag sah er die Katze in der Wiese liegen, sie dehnte und streckte sich voll Behagen in der Sonne. Sein Blick fiel auf ein dickes Holzscheit, das an die Hauswand gelehnt stand. Er griff es und schlich sich auf die Katze zu. Mit voller Kraft schlug er auf sie ein. Einmal. Zweimal. Immer wieder. Er keuchte dabei, kalter Schweiß rann ihm über die Stirn. Die Katze gab keinen Laut mehr von sich, aus Nase und Maul quoll Blut. In weitem Bogen warf Othmar das Holzscheit in den Wald

und lief ins Haus. Ein Gefühl des Ekels stieg in ihm auf und er musste sich übergeben.
Niemand verlor darüber ein Wort. Er erfuhr nie, wer die tote Katze entdeckt und fortgebracht hatte. Tagelang konnte er kaum sprechen. Als ihn Eli nach der Schule nach den Kaninchen fragte, gab er ihm keine Antwort. Eli sah ihn besorgt an, sagte aber nichts. Er war ihm dankbar dafür.

Im Dezember 1933 wurde Othmar sieben Jahre alt. Es war bitterkalt und Schneeflocken wirbelten durch die Luft. Am Nachmittag kam Eli zu Besuch, eingepackt in einen dicken Anorak und mit festen Lederstiefeln an den Füßen. Seine Wangen waren rot vor Kälte. Othmar erwartete ihn vor der Tür. „Weißt du, was wir jetzt machen?" Sie formten drei Kugeln aus Schnee und setzten sie aufeinander. „Und wie machen wir die Arme?" Während Othmar noch überlegte, brach Eli zwei Zweige von einem Strauch ab, die an ihren Enden Verästelungen wie Finger hatten. Aus Kieselsteinen, die auf dem Weg lagen, formten sie einen Mund. Es sah aus, als lächelte der

Schneemann. „Jetzt hol ich von der Mutter noch zwei Kohlen für die Augen und eine Karotte für die Nase!“, rief Othmar und lief aufgeregt ins Haus. Als er wieder kam, hielt er eine abgeschlagene Tasse in der Hand. „Die Mutter hat gesagt, die können wir ihm aufsetzen, dann hat er auch einen Hut!“ Eli jauchzte.

In der Stube schließlich war es angenehm warm, auf dem Tisch stand ein Teller mit Spagatkrapfen, die die Mutter für Othmar gebacken hatte. Sie brachte zwei große Tassen mit dampfendem Tee, in dem Zimtstangen schwammen. Plötzlich sagte Eli: „Oh, ich hab ja etwas vergessen!“ und zog etwas aus seiner Hosentasche. Er stellte einen winzigen Hund aus weißer Wolle neben Othmars Teller. Um den Hals trug er ein rotes Filzband, Augen und Nase waren aus braunem Glas. „Der ist von meinen Eltern.“ Othmar sah ihn mit großen Augen an. „Für mich?“ Die Mutter mischte sich ein und lachte. „Na, für mich wird er wohl nicht sein! Wie sagt man denn?“ „Danke!“ „Ich habe auch so einen“, meinte Eli, „aber meiner ist schwarz.“ Die Mutter schenkte Tee nach. „Das ist sehr nett von deinen Eltern. Lass sie grüßen." Während er sich noch einen Krapfen in den Mund stopfte, trat Alois herein. „Der schon wieder …", knurrte er. Der Blick, den die Mutter ihm zuwarf, brachte ihn zum Schweigen. Er setzte sich an den Tisch und blätterte in der Zeitung. Eli schob seinen Stuhl zurück und stand auf, als könnte er nicht länger stillsitzen. „Ich werde jetzt heimgehen."

Othmar begleitete ihn ein Stück. „Es tut mir leid, dass der Alois das gesagt hat." „Du kannst nichts dafür. Aber ich hab dir ja gesagt, dass er mich nicht leiden kann", erwiderte Eli. „Genau wie der Lehrer." Da blieb Othmar mitten auf dem Weg stehen und sagte: „Aber *ich* mag dich. Und das ist viel wichtiger."

In der Woche vor Weihnachten lernte Othmar sein erstes Gedicht auswendig. Der Vater hatte eine kleine Tanne im Wald gefällt, die die Mutter mit roten Äpfeln, Strohsternen und Kerzen aus Bienenwachs geschmückt hatte. Eine feierliche Stimmung lag in der Luft, als Othmar das Gedicht vortrug.

Ich kenne ein Bäumchen, gar fein und zart,
das trägt euch Früchte von seltener Art.
Es funkelt und leuchtet mit hellem Schein
weit in des Winters Nacht hinein.
Das sehen die Kinder und freuen sich sehr
Und pflücken vom Bäumchen und pflücken es leer.

Nachdem er fertig war, zwinkerte Alois ihm zu und kramte in seinen Hosentaschen. „Schau, kleiner Bruder. Die habe ich für dich geschnitzt.“ Er legte ihm zwei Kaninchen aus Holz in die Hände. Alois hatte ein Geschenk für ihn? Er lächelte dankbar und wusste nicht, was er sagen sollte.

Als Othmar in seinem Bett lag und sein Abendgebet verrichtet hatte, dachte er nach. Er hatte seinen großen Bruder immer bewundert, ihn vor allem um seinen Mut beneidet. In der letzten Zeit war er ihm aus dem Weg gegangen, da er seine Abneigung gegen Eli spürte. Vielleicht sollte er ihn darauf ansprechen! Vielleicht könnte er ihn sogar davon überzeugen, dass Eli ein netter Junge war - er würde es versuchen! Mit einem zufriedenen

Lächeln auf dem Gesicht schloss er die Augen und drehte sich auf die Seite.

Als er am nächsten Morgen erwachte, hörte er die Stimme des Pfarrers aus der Küche.

Frieda und Gerti saßen stumm auf dem Boden; der Vater stand mit dem Pfarrer am Fenster, während die Mutter unentwegt auf den Tisch starrte. In ihren Augen lag etwas Fremdes, was war mit ihr geschehen? Othmar wollte sich ihr nähern, aber Ridi hielt ihn zurück. „Lass sie in Ruhe“, flüsterte sie und zog ihn mit sich vor das Haus; ihre Augen waren vom Weinen gerötet. „Was ist denn passiert? Bitte sag mir doch, was los ist! Wo ist der Alois?“ Im selben Moment trat der Pfarrer heraus. „Dein Bruder ist jetzt im Himmel.“ „Wieso?“ „Er ist gestorben.“ „Aber er war doch nicht krank?“ „Sein Herz war krank. Es hat aufgehört zu schlagen.“ „Warum denn?“ „Weil der liebe Gott es so wollte.“

Was sollte das heißen? Wenn Gott *lieb* war, warum hatte er Alois dann sterben lassen? Hatte er ihn bestraft? Wofür? Weil er zu Eli nicht nett gewesen war? Das hätte

man doch klären können! Warum hatte der *liebe* Gott das nicht zugelassen?
Othmars Kinn zitterte; er spürte, dass Tränen in ihm aufstiegen. Er lief ins Haus und warf sich auf sein Bett, die beiden Holzkaninchen lagen auf dem Polster.
„Schau, kleiner Bruder. Die habe ich für dich geschnitzt.“
Er begann, leise zu schluchzen.

In der Schule nahm der Lehrer Othmar zur Seite. Er blickte ihm tief in die Augen und legte die Hand auf seine Schulter. „Es tut mir sehr leid für dich und deine Familie, Berger. Dein Bruder war ein feiner Kerl. Er hätte es bei uns weit bringen können, weil er die richtige Einstellung hatte. Es wäre schön, wenn du in seine Fußstapfen treten würdest und ihm keine Schande machst.“
Othmar nickte nur stumm; er wusste nicht, was der Lehrer ihm damit sagen wollte.
Am Tag nach Alois‘ Beerdigung stapfte Eli neben ihm von der Schule nach Hause. Othmar sah zu Boden, der Schnee knirschte unter den Füßen der beiden Buben. Da

sagte Eli plötzlich: „Als meine Oma gestorben ist, war ich richtig böse." Othmar sah ihn von der Seite an. „Du warst böse?" „Ja, und wie! Ich habe sogar ein Glas auf den Boden geworfen, das ist in ganz schön viele Scherben zersprungen." „Und haben deine Eltern nicht geschimpft?" „Nein. Die Mutter hat die Scherben weggeräumt und gesagt, dass das auch nichts nützt. Aber mir ist es dann besser gegangen." Othmar blieb vor einem Strauch stehen und brach einen dicken Ast ab. Eli fragte: „Was machst du?" Er gab ihm keine Antwort, sondern schlug mit dem Ast so lange auf einen Holzstoß, bis er unter dem Aufprall in Splitter zerbarst. Eli stand still daneben und beobachtete ihn. Er bemerkte auch die Tränen, die ihm aus den Augen liefen, sagte aber nichts. Schweigend gingen sie weiter. Bevor sie sich trennten, nickte er Othmar zum Abschied zu.

Als Othmar heimkam, sah er die Mutter am Herd stehen. Silberne Fäden durchzogen ihr dunkles Haar - woher waren sie auf einmal gekommen? Scheu näherte er sich ihr. „Mutter?" Sie drehte sich zu ihm. Ihre Wangen waren eingefallen und die Augen lagen tief in ihren Höhlen.

Sie sah so anders aus als sonst! Sie sagte auch gar nichts! „Mutter!“ Sie beugte sich zu ihm hinunter und schloss ihn in ihre Arme. Mit beiden Händen umfasste er ihr Gesicht und blickte ihr fragend in die Augen. Und wieder vernahm er die Worte, die sie in der Kammer vom Dorfwirt zu ihm gesagt hatte: „Bist ein gutes Kind.“ Damit gab er sich zufrieden und schlang seine Arme um ihren Hals. Wenigstens konnte sie wieder sprechen. Dann könnte alles wieder gut werden, vermutlich würde es noch eine Zeit dauern. Er würde ein bisschen warten, ein paar Mal schlafen gehen müssen. So wie vor dem Heiligen Abend. Der Gedanke beruhigte ihn. Er würde jetzt der Starke sein und auf die Mutter achtgeben.

KRIEG UND GEFANGENSCHAFT

Im Frühjahr 1944 kam der Briefträger mit seinem Fahrrad und der Ledertasche voller Post zu Othmar, um ihm einen Brief zu übergeben. Das Schreiben war an ihn persönlich gerichtet. Er bohrte seinen Zeigefinger in den Umschlag, riss ihn auf und begann zu lesen. Es war seine Einberufung zum Kriegsdienst.

Als er den Brief am Abend auf den Tisch legte, wurde es still in der Stube. Das Gesicht der Mutter wurde blass, der Vater legte ihr seine Hand auf die Schulter. Es war Ridi, die als Erste Worte fand. „Das darf doch nicht wahr sein! Der Schickl kann dich doch nicht auch noch holen!“ „Schickl“, das war der Spitzname für Adolf Hitler, der ihren Verlobten an die russische Front einberufen hatte. Seit Monaten hatte sie nichts mehr von ihm gehört, sie war dünn und fahrig geworden. Während Frieda die Hände faltete, sagte Gerti leise: „Wenn du nur nicht fallen wirst!“ Die Mutter bekreuzigte sich und schrie: „Halt deinen Mund!“ „Lass gut sein, Mutter. Mir wird schon nichts passieren." Othmar, der mittlerweile siebzehn Jahre alt war, nahm ihre Hand und sprach mit beruhigender Stimme auf sie ein. Er war zu einem ansehnlichen jungen Mann herangewachsen; groß und schlank mit breiten Schultern, sein Haar war blond, der Blick seiner blauen Augen offen und ehrlich.

1936, mit zehn Jahren, war er der nationalsozialistischen Jugendorganisation, der Hitlerjugend, zugewiesen worden. Als Leitspruch galt: „Du bist nichts, dein Volk ist alles." Unbedingter Gehorsam war Voraussetzung. Einer seiner Mitschüler hatte versucht, sich gegen die strikten Vorgaben aufzulehnen. Er wurde als „schwer erziehbar" und „verwahrlost" bezeichnet und man drohte ihm an, ihn in ein Jugendschutzlager zu bringen. Dort würde man ihm seine Flausen schon austreiben, hieß es. Leopold Gruber, Othmars Lehrer in der Volks- und Hauptschule und ein glühender Nationalsozialist, organisierte Heimabende, an denen er die Jungen über Hitlers Leben und die Germanen informierte. Diejenigen, die durch Übereifer, forsches Auftreten und sportliche Leistungen auffielen, wurden von ihm bevorzugt behandelt. Er arrangierte Geländespiele, bei denen sich zwei Gruppen gegenseitig anschleichen und überfallen mussten. Sieger wurde, wem ein Überraschungsangriff gelang. Die Geländespiele waren bei den meisten Jungen sehr beliebt, stolz präsentierten sie dabei ihre Uniform. Ein wichtiger Bestandteil der Uniform war das Halstuch, das man erst tragen durfte, wenn man vereidigt war. In einer feierlichen Großveranstaltung wurde Adolf Hitler ewige Treue geschworen. Stellte man die Vorschriften in Frage, durfte man sein Halstuch nicht umbinden, was als Schande galt. Ein Ranghöherer musste mit erhobenem rechtem Arm, dem Hitlergruß, gegrüßt werden, darauf wurde streng geachtet. Othmar konnte es nicht leiden, wenn ein Junge, der kaum älter war als er selbst, ihn herumkommandierte.

1938, im Jahr des Anschlusses Österreichs an Deutschland, deklamierte der Lehrer in der Schule Hitlers Worte an die Jugend.

„Was wir von unserer deutschen Jugend wünschen, ist etwas anderes, als es die Vergangenheit gewünscht hat.

In unseren Augen, da muss der deutsche Junge der Zukunft schlank und rank sein, flink wie ein Windhund, zäh wie Leder und hart wie Kruppstahl. Wir müssen einen neuen Menschen erziehen, auf dass unser Volk nicht an den Degenerationserscheinungen der Zeit zugrunde geht. Wir reden nicht, sondern wir handeln. Wir haben es unternommen, dieses Volk durch eine neue Schule zu erziehen, ihm eine Erziehung zu geben, die schon mit der Jugend anfängt und nimmer enden soll.“

Der Platz neben Othmar war leer, Elias war vom Regelschulbetrieb ausgeschlossen worden. Othmar fragte den Lehrer nach dem Grund. „Weil er und seinesgleichen nicht der Volksgemeinschaft angehören! Dein Glück, Berger, dass du dich endlich von ihm fernhalten kannst!“

Am Nachmittag saß er mit Eli am Bach. „Weißt du, was *Volksgemeinschaft* bedeutet?“ „Nein. Der Vater hat mir erklärt, dass der Hitler die Juden nicht mag. Und du weißt doch, dass wir Juden sind.“ „Aber warum mag er euch nicht?“ Elias zuckte die Achseln. „Er hält uns alle für Betrüger." „Habt ihr ihm denn etwas gestohlen?" „Geh, Othmar, was stellst du für komische Fragen! Ich habe doch auch keine Ahnung, was der von uns will." Othmar schwieg kurz, dann fragte er schüchtern: „Eli, was ist eigentlich ein Jude?" „Wir haben eine andere Religion als ihr. Aber wir glauben auch an einen Gott." Othmar grübelte vor sich hin. Was sollte es ausmachen, an einen anderen Gott zu glauben? Und, schoss es ihm durch den Kopf, war Jesus nicht auch ein Jude? Und Jesus war doch ein guter Mensch, der gesagt hatte: *Liebet eure Feinde.*

Eine Zeit lang fiel kein Wort, bis Eli sagte: „Wir werden von hier weggehen." „Wohin denn?" „Das weiß ich nicht." „Für wie lange?" „Das weiß ich auch nicht." „Und … werdet ihr wieder kommen?" „Kann ich dir nicht sagen. Aber die Mutter hat schon angefangen zu packen." Mit keiner Miene verriet Othmar, was in ihm vorging.

Wenn wir groß sind, dann bauen wir uns jeder ein Haus, in derselben Straße, nebeneinander. Und dann spielen unsere Kinder zusammen. Und wir lassen es uns richtig gut gehen.

Vor ein paar Jahren hatten sie einander das Versprechen gegeben, jetzt veränderte sich alles.

Die Leute sprachen von einem Krieg, der wahrscheinlich kam. Das Wort löste bei beiden Buben Unsicherheit und Hilflosigkeit aus. Ihre Väter hatten in dem großen Krieg, der vier Jahre gedauert hatte, gekämpft. Viele Menschen hatten dabei ihr Leben verloren, erzählten sie ihren Söhnen. Dann hieß es: *Nie wieder Krieg.* Nun sollte doch wieder einer kommen? Othmar sah Eli von der Seite an und sagte: „Mein Vater sagt, Krieg ist immer schlecht und dass die Leute mehr miteinander reden sollten.“ Eli nickte: „Das sagt mein Vater auch.“ Othmar bemerkte, dass sein Magen knurrte, achtete aber nicht weiter darauf und erwähnte: „Der Lehrer hat heute in der Schule erklärt, dass man sich für den Krieg vorbereiten muss, wenn man Frieden will.“ „Das sieht ihm ähnlich“, knurrte Eli. Und dann kramte er in seiner Hosentasche. Er legte Othmar die Dose mit seinem Milchzahn und seiner Haarlocke in die Hand. „Ich möchte sie dir geben, damit du eine Erinnerung an mich hast, wenn wir nicht mehr da sind. Ich werde dir das nie vergessen, wie du damals die Ohrfeigen vom Gruber kassiert hast, obwohl ich schuld gewesen bin." Othmar umfasste die Dose wie einen Schatz. „Und ich sage dir jetzt auch etwas. Ich werde immer darauf aufpassen und irgendwann bekommst du sie von mir zurück. Denn wir *werden* uns wieder sehen, das verspreche ich dir!" „Glaubst du?" Othmar nickte. „Ganz sicher."

Einige Tage später, als er am Haus der Familie Kleeweis vorbeikam, sah er, dass die Türen offenstanden. „Eli?", rief er. „Herr Kleeweis?" Aber er bekam keine Antwort. Vorsichtig trat er ein. Das Haus war leer, nur ein Strauß mit Wiesenblumen stand auf dem Fensterbrett. Er wischte sich mit der Hand über die Augen, dann lief er nach Hause.

Am 3. und 4.April 1938 besuchte Hitler Graz. Die Veranstaltung, die in der Montagehalle einer Waggonfabrik stattfand, wurde im Radio übertragen. Danach fuhr Hitler, unter dem Jubel seiner Anhänger, durch die Straßen der Stadt. Zehntausende Steirer waren gekommen; die NSDAP, die Nationalsozialistische Deutsche Arbeiterpartei, hatte Sonderzüge, Autobusse und Lastkraftwagen organisiert, um die Anreise zu ermöglichen. Othmars Eltern waren daheim geblieben - sie gehörten zu jenen, die nicht jubelten.

Im November hörte er in der Schule, dass die Grazer Synagoge und die jüdische Zeremonienhalle zerstört worden waren. „Was ist mit dem Eli und seiner Familie?“, fragte er zu Haus. In seinen Augen war die Sorge zu lesen. „Vielleicht haben sie ja flüchten können“, sagte der Vater. „Wohin denn?“ „Wir wissen es auch nicht, Bub. Wir können für die Familie Kleeweis nur beten. Aber sprich nicht darüber. Und wenn, dann nur zu Haus.“ „Warum?“ „Weil es überall Spitzel gibt. Man kann niemandem mehr trauen.“ „Was ist ein Spitzel?“ „Jemand, der einen aushorcht. Du weißt doch, dass der Hitler die Juden hasst. Wenn du dich nach der Familie Kleeweis erkundigst, kann es sein, dass das jemand den Gendarmen meldet, und dann gnade uns Gott.“ „Aber …“ Die Mutter ließ ihn nicht ausreden: „Othmar, jetzt hör einmal zu. Der Elias wird immer dein Freund bleiben, in deinem Herz und in deinen Gedanken. Die Zeit, die ihr miteinander gehabt habt, kann dir niemand wegnehmen. Aber bitte tu, was der Vater sagt.“ Othmar senkte seinen Blick und murmelte: „Das ist alles so ungerecht.“ „Ja, Bub, da hast du recht. Aber merk dir – die Gerechtigkeit stirbt *nie*, sie schläft nur manchmal.“ *Dann schläft sie jetzt aber sehr fest,* dachte Othmar. Er ging zum Tisch und öffnete die Lade, neben der Mundharmonika lag die kleine Dose, die ihm Elias zum Abschied geschenkt hatte. Er strich mit seinen Fingern darüber.

Ich werde immer darauf aufpassen und irgendwann bekommst du sie von mir zurück. Denn wir werden uns wieder sehen, das verspreche ich dir!

Im darauffolgenden Jahr, am 1.September 1939, brach der Krieg aus. Im Wirtshaus wurde
die Unterwerfung Polens in nur sechs Wochen gefeiert. Gefeiert wurde auch, als im März 1940 die Nachricht kam, dass Graz und die Steiermark als „judenrein“ galten.

Aber es gab auch Widerstand. Waggons mit Ladungen für Wehrmachtszwecke wurden mit falschen Zielangaben versehen, bei Montagearbeiten an Fahrzeugen absichtlich Fehler gemacht. Erst 1941 konnten die Sabotageaktionen von der Gestapo, der Geheimen Staatspolizei, beendet werden. Die Verursacher wurden streng bestraft.

Am 6. April 1941 erfolgten die ersten Luftangriffe auf die Steiermark. Es war der Palmsonntag. Viele Grazer waren im Freien, um die Sonne zu genießen, bis sich ein feindlicher Flieger näherte und Bomben abwarf. In der Nähe der Einschlagstelle wurde ein dreizehnjähriges Mädchen von den Sprengsplittern getroffen und kam ums Leben.

Othmar, mittlerweile vierzehn Jahre alt, hörte davon im Ortskaufhaus, in dem er eine Lehre begonnen hatte. Das Kaufhaus gehörte dem alten Herrn Pichler, der über dem Geschäft wohnte. Wenn Kundschaft da war, äußerte er sich nicht zur politischen Situation, aber Othmar hörte ihn über die Nazis schimpfen, wenn er mit ihm allein war. Sein Bruder lebte in Graz und war mit einer Jüdin

verheiratet, worüber im Ort hinter vorgehaltener Hand geredet wurde.
Othmar kam vor, als würden die Menschen immer vorsichtiger; sie wussten, ein unbedachter Satz konnte Kopf und Kragen kosten. Der Vater von Ridis Verlobtem hatte im Gasthaus laut gesagt, dass der Hitler verrückt sei. Am nächsten Tag wurde er von zwei Männern der Gestapo abgeholt und kam nicht mehr zurück. Niemand erfuhr, wo man ihn hingebracht hatte.
Als Ridi den Pfarrer darauf ansprach, schüttelte dieser den Kopf: „Manchmal ist es besser, keine Fragen zu stellen." „Aber Herr Pfarrer, wo soll das alles hinführen?" „Ich befürchte, es wird noch schlimmer werden." Er sollte recht behalten. Im Sommer 1941 erklärte das Deutsche Reich der Sowjetunion den Krieg.
Einige Wochen später erzählte Ridi den Eltern, dass sie am Schloss Lind in St.Marein vorbeigekommen war. „Irgendetwas ist dort komisch." „Was denn?", wollte die Mutter wissen. „Da stehen jetzt Wachtposten davor. Ich habe nur kurz hingeschaut und gesehen, dass vor den Fenstern im dritten Stock eiserne Gitter sind. Die waren

doch früher nicht da, oder?" Die Mutter überlegte. „Ich kann mich nicht daran erinnern." „Und hast du sonst noch irgendetwas gesehen?", fragte der Vater. „Nein. Die Wachtposten haben mich gleich weggescheucht und gesagt: ‚Da gibt's nichts zum Schauen, geh weiter.'" Die Mutter sagte leise: „Wer weiß, was sich da drinnen abspielt." Ridi schlug mit der Faust auf den Tisch. „Das sollte man doch irgendwo melden!" Da schrie die Mutter sie an: „Wem willst du das denn melden? Den Gendarmen? Die stecken doch alle unter einer Decke, dieses braune G'sindel! Untersteh dich!" Rasch bekreuzigte sie sich, dann fuhr sie die Tochter an: „Deck jetzt den Tisch und vergiss, was du gesehen hast."

Im März 1944 wurde Othmar als Luftwaffenhelfer eingezogen und mit seinen Kameraden nach Graz in ein Lager gebracht. Ein Wachtmeister führte sie zu einem Flak-Geschütz und teilte Othmar als Funkmelder ein. Durch ein Fernrohr, das auf einem Stativ stand, beobachtete er den Himmel.

Eine Granate war achtzig Zentimeter lang und wog vierzig Kilo. Den meisten der jungen Flakhelfer fehlte die Kraft, sie in das Rohr zu schieben. Hitler hatte gesagt, sie würden nach dem Endsieg ihr Studium bezahlt bekommen, sie sollten dem Feind furchtlos ins Auge blicken. Aber alle hatten Furcht. Wenn sie mit der Kanone auf freiem Feld standen, flogen Maschinen über ihnen und warfen Bomben ab. Wollte einer der jungen Flakhelfer vor dem Geschütz weglaufen, schoss der Staffelwachtmeister mit seiner Pistole in die Luft; lief er weiter, schoss er ihm in die Beine. Die Jungen versuchten, ihre Angst mit Alkohol und Zigaretten zu bekämpfen. Wenn sie einen Nachtangriff hatten, bekamen sie Milch und Süßigkeiten als Kampfzulage. Sie tauschten sie ein und betranken sich, wann immer sie die Möglichkeit hatten. Knapp zwei Wochen später wurden sie heimgeschickt. Es hieß, sie sollten nachsehen, ob zu Hause alles in Ordnung sei. In Wahrheit erwartete sie die Einberufung an die Front.

Bevor er sich auf den Weg zum Bahnhof machte, ging Othmar noch einmal durch das Haus, als wollte er sich alles einprägen. Wer wusste, wann er wieder heimkommen, *ob* er wieder heimkommen würde? Im Schlafzimmer der Eltern fiel sein Blick auf das Regal, das über dem Wäscheschrank hing. Nur ganz wenige Bücher standen darauf. Er zog einen blauen Gedichtband heraus: Es war Heinrich Heines *Buch der Lieder*. Der Vater hatte vor langer Zeit dann und wann darin gelesen. Das Buch öffnete sich wie von selbst an einer Stelle, wo zwischen zwei Seiten ein getrocknetes vierblättriges Kleeblatt lag.

Anfangs wollt ich fast verzagen,
Und ich glaubt, ich trüg es nie;
Und ich hab es doch getragen -
Aber fragt mich nur nicht, wie?

Othmar sah zum offenen Fenster hinaus. Sein Blick verlor sich im Blättergewirr der Bäume, er beobachtete das Spiel von Licht und Schatten. Ein Vogel hüpfte leise zwitschernd von Ast zu Ast. Mit einem Mal wurde Othmar das Herz schwer und er dachte daran, wie gern er mit ihm tauschen würde.

Die Mutter und die Schwestern verabschiedeten sich von ihm in der Stube. Die Mutter umfasste sein Gesicht mit beiden Händen. „Komm mir gesund wieder, Bub. Gott steh dir bei.“ Abrupt drehte sie sich um und begann wie wild den Herd zu putzen.

Der Vater begleitete ihn zum Bahnhof. Als sie ankamen, holte er aus seiner Jackentasche die Mundharmonika heraus und legte sie in Othmars Hand. „Alles Gute, Bub. Gib auf dich acht.“ Schnell wandte er sich ab - er wollte den Zug nicht abfahren sehen.

Draußen flog die Landschaft vorbei, ein paar Soldaten hatten zu singen begonnen:

„Wir werden weitermarschieren, wenn alles in Scherben fällt.

Denn heute gehört uns Deutschland und morgen die ganze Welt.“

Heinrich Schager und Fritz Aigner, zwei seiner Schulkameraden, saßen Othmar gegenüber. „Diese grölenden Idioten glauben noch immer daran…“, knurrte Heinrich. Othmar sah zum Fenster hinaus und dachte an Elias.

Wenn wir groß sind, dann bauen wir uns jeder ein Haus, in derselben Straße, nebeneinander. Und dann spielen unsere Kinder zusammen. Und wir lassen es uns richtig gut gehen.

Würde es ein Wiedersehen geben? Er versuchte, an etwas anderes zu denken, aber es wollte ihm nicht gelingen. Der Gesang der Soldaten ging ihm auf die Nerven, kopfschüttelnd sah er sie an. Die Welt war ein Irrenhaus geworden.

Sie waren tagelang unterwegs an die Westfront, auf ihre Fragen nach dem Ziel gab es keine Antwort. Ihr Zug hielt mitten im Nirgendwo, es regnete in Strömen. „Antreten zum Marsch ins Quartier!“ Zwölf Kilometer, in voller Ausrüstung. Bereits nach der halben Strecke brachen Soldaten zusammen, sie wurden am Wegesrand liegen gelassen. Erst am nächsten Tag kam ein Lastwagen, um sie einzusammeln.

Kurz vor Mitternacht erreichten sie ihr Barackenlager in einer Hafenstadt in der nordfranzösischen Normandie. „Jetzt sind wir also Besatzer“, sagte Fritz. Er zog eine Augenbraue in die Höhe, sein Ton war zynisch. *Besatzer*, das bedeutete so viel wie: marschieren, Schießübungen machen, angebrüllt werden, Patrouillen, Putzstunde, Flickstunde. Der eintönige Drill sollte die Jungen hart machen und zum Soldatentum erziehen, die meisten von ihnen waren keine zwanzig Jahre alt. Der sechzehnjährige Kurt Meier aus Leoben schloss sich Othmar, Fritz und Heinrich an. Bei einer Schießübung hatte er sich in die Hosen gemacht; dunkelrot im Gesicht blickte er Othmar an, der nur sagte: „Mach dir nichts draus. Ist mir auch schon passiert.“ Seine Worte beruhigten Kurt, der Vertrauen zu ihm fasste. Eines Abends zeigte er ihm ein Foto seiner Eltern: „Das habe ich immer bei mir.“ Othmar betrachtete nicht nur das Foto, sondern auch Kurts kindliche Züge, den blonden Flaum auf seiner Oberlippe. „Deine Eltern werden stolz auf dich sein, wenn du zurückkommst.“ Kurt sah ihn mit großen Augen an, er lächelte. „Wir werden das schaffen, nicht wahr?“ „Natürlich.“ Verwundert stellte Othmar fest, wie leicht ihm diese Lüge über die Lippen gerutscht war.

Einige Tage später brachte man sie an die Küste. Der Bunker, der ihnen zugeteilt wurde, war so klein, dass sie zu viert gerade Platz hatten. Ständig begleitete sie das Gefühl, auf dem Ärmelkanal würde etwas passieren. Deutsche Soldaten verbreiteten das Gerücht, ein Angriff auf England stünde bevor. Sie wussten alle, dass etwas kommen würde, nur nicht, was. Und wann.

In der Nacht zum 6.Juni 1944 hatten sie kaum ein Auge zugetan. Der Morgen war ungewöhnlich stürmisch, Wolkenfetzen trieben am Himmel, ein pfeifender Nordwestwind peitschte die meterhohen Wellen voran. Als Othmar aus seinem Halbschlaf erwachte, hörte er aus der Ferne ein Dröhnen. Er blickte durch die Maueröffnung. Am sich erhellenden Horizont nahm er eine Kette kleiner Punkte wahr, es sah unwirklich aus. Und dann erstarrte er. Die Punkte wurden zu Schiffen. Das Meer war schwarz vor Schiffen. „Sie kommen! Sie kommen!“, brüllte er. Sofort waren die drei anderen an seiner Seite. Kurt zitterten die Knie, alle vier spähten hinaus aufs Meer, auf die kleinen Punkte neben den schwimmenden Riesen, die Landungsboote. Kurt flüsterte: „Was sollen wir jetzt machen?“ Da begann das Bombardement der Küste. US-Flieger jagten über den Strand, Bombeneinschläge donnerten und dröhnten. Links und rechts von ihnen knallten Detonationen, der Lärm war ohrenbetäubend. Reglos starrten die Jungen auf die Landungsboote, die sich dem Strand näherten, hinter ihnen hunderte weitere. Aus den anderen Bunkern und Abwehrbatterien hatte bereits das Dauerfeuer eingesetzt. Als die ersten US-Soldaten aus den Booten sprangen, um durch das schulterhohe Wasser zum

Strand zu waten, wurde von überall her geschossen. Othmar und seine Kameraden hörten das Gewehrfeuer, das *"Tak-Tak-Tak"* der Maschinengewehre, Schrapnell-Granaten flogen heulend heran. Die meisten der US-Soldaten waren bereits getroffen; andere, die es bis zum Strand schafften, fanden sich zwischen Stacheldraht und Panzersperren auf vermintem Boden wieder, schutzlos wurden sie im Dauerfeuer der Deutschen niedergemäht. Immer wieder vernahm Othmar Rufe der sterbenden Soldaten. „Mama! Mama!“ *Keiner von ihnen betet zu Gott*, dachte er bei sich, *den Tod vor Augen rufen sie nach der Mutter*. Dann bemerkte er einen Soldaten, der merkwürdig verkrümmt im Sand lag. Othmar konnte nicht erkennen, wo oben und unten war; dann sah er, dass der Soldat keinen Kopf mehr hatte. Der Knall explodierender Boote und Panzer, das Schreien der Verwundeten, infernalischer Lärm. Männer mit von Verbrennungen entstellten Gesichtern trieben im Wasser. Abgerissene Arme und Beine lagen am Strand. Einem Soldaten hatte die Kugel einer Panzerbüchse die Schulter aufgerissen; man konnte das Herz schlagen sehen, bevor er ins Meer sank. Das Meer, das nun rot war vor Blut. Kurt sprang hoch und schrie: „Ich halte das nicht mehr aus!“ und rannte aus dem Bunker hinaus. Sofort traf ihn eine amerikanische Kugel, er wankte und fiel kopfüber in den Sand. „Ich muss zu ihm“, sagte Othmar. „Bist du wahnsinnig?“, schrie Heinrich und versuchte, ihn zurückzuhalten, aber Othmar stieß ihn weg. „Ich kann ihn nicht einfach so liegen lassen.“ Er warf sich vor dem Bunker auf den Boden und robbte vorsichtig zu ihm. Er nahm seine Hand und drückte sie, „Du bist nicht allein!“ war in seinen Augen zu lesen. Bevor Kurt starb, sah er ihn noch an, als wollte er sagen: „Es ist alles in Ordnung.“ Othmars Kopf sank auf seine Brust, er begann zu schluchzen; da hörte er Heinrichs Stimme: „Jetzt komm schon!“ Auf allen vieren kroch er zum Bunker zurück. „Nichts wie raus hier!“, schrie Heinrich. Sie rannten hinter ihm durch den Laufgraben zu einem unbesetzten Geschützstand. Fritz richtete die Haubitze auf das Wasser, Heinrich stopfte eine Granate hinein. Kaum, dass Fritz abgefeuert hatte, schlug es bereits ein, ein am Strand gelandeter Panzer hatte seinen Turm zu ihnen gedreht. Sie liefen durch einen Seitenausgang aus dem Bunker. Othmar spürte ein Klatschen an seiner Stirn und Blut, das ihm in die Augen rann: Ein Granatsplitter hatte ihn an der Stirn getroffen. *Mich hat's erwischt,* dachte er. Sie hasteten zu einem Bunkerstollen, überall lagen Tote und Verwundete. Ein Sanitäter verarztete Othmar notdürftig, plötzlich gab es eine gewaltige Detonation. Das Letzte, was Othmar sah, war ein riesiger Feuerschein. Dann Dunkelheit.

Als er zu sich kam, war sein erster Gedanke: *Ich lebe noch!* Sein Kopf war blutverschmiert, aus seinem rechten Auge quoll Flüssigkeit, er zitterte vor Kälte. Quer über ihm hing ein Balken. Heinrich lag neben ihm, er drehte sich zu ihm. „Was ist mit Fritz?" Heinrich schüttelte nur den Kopf, dann sagte er: „Wir müssen raus hier!" Dem Lichtschein entgegen krochen sie zum Eingang. Draußen war es taghell, nirgends fiel mehr ein Schuss. Rings umher war unheimliche Stille. Jemand stand vor ihnen. "Hands up!" Ein amerikanischer Soldat richtete seine Pistole auf sie. Zielsicher dirigierte er sie durch einen minenfreien Pfad, Othmar blieb mit seinem

Bein an einem Stolperdraht hängen, Feuerwerkskörper knallten, die Deutschen hatten mit ihnen die Wege gegen nachts landende Feinde gesichert. Er faltete seine Hände und flüsterte: “Do not shoot please.“ Der GI sah ihn an, Staunen lag in seinem Gesicht und er schüttelte seinen Kopf. "What a kid … go on, kid!“ Verwirrt blickte Othmar ihn an, *die Amerikaner sind anders als die Deutschen*, ging es ihm durch den Kopf. Am Strand, auf dem Berge von gefallenen US-Soldaten lagen, mussten sie sich auf den Bauch legen und die Taschen leeren, die Mundharmonika des Vaters, die Othmar bei sich trug, fiel heraus, ein GI hob sie auf. “A harmonica?“ “From my father.“ Ein freundliches Lächeln huschte über das Gesicht des Amerikaners. “Ok. You can keep it.“

Man trieb sie zu einem Sammelplatz. Stunden später wurden sie auf das Schiff verlagert, das sie über den Atlantik nach New York bringen würde. Jetzt waren sie nicht mehr Soldaten der Deutschen Wehrmacht, sie waren PWs, Prisoners of War.

Fast dreitausend Gefangene betraten das ehemalige italienische Luxusschiff, das zu einem Truppentransporter umgebaut worden war. Viele von ihnen stürzten sich auf die Aschenbecher, die mit halb gerauchten Zigarettenstummeln gefüllt waren. Ein amerikanischer Marineoffizier fragte: "Does anybody of you boys speak English?" Die Kameraden deuteten auf Othmar. Er musste aus den Reihen der Gefangenen Köche, Bäcker und Metzger heraussuchen, die in den Kombüsen Hilfsdienst leisten sollten.

Sie wurden höflich behandelt und bekamen drei warme Mahlzeiten am Tag. Othmar freute sich, als ihm eine Tasse Kakao neben seinen Teller gestellt wurde, sie erinnerte ihn an daheim. Auf dem Teller lagen zwei dünne Weißbrotscheiben in dreieckiger Form, mit Butter bestrichen und Schinken und Käse befüllt. Er blickte fragend um sich. Ein Steward bemerkte sein Erstaunen und lachte. "You can eat that! It's a sandwich."

Am dritten Tag, auf hoher See auf dem Atlantik, durfte Othmar zum ersten Mal an Deck. Der Anblick, der sich ihm bot, überstieg alle seine Erwartungen. Sie befanden sich in einem Konvoi von Schiffen von Horizont zu Horizont, soweit das Auge reichte. Er hatte das Gefühl, die Macht der Vereinigten Staaten spüren zu können. Ein großer, schlanker Fisch sprang aus dem Wasser und schlug in einem Bogen wieder auf, um in den Tiefen des Meeres zu verschwinden. "Look, a dolphin!", vernahm Othmar hinter sich. Zum ersten Mal in seinem Leben hatte er einen Delphin gesehen.

Nach vierzehn Tagen erreichten sie New York, die Krone der Freiheitsstatue leuchtete in der Sonne. Heinrich stand neben Othmar an Deck. „Gigantisch. Wie kann man so hohe Häuser bauen?" Aus dem Hafen tönten hektische Stimmen. "Let's go! Let's go!" Sie mussten ihre Uniformen ausziehen und sich die Haare schneiden lassen, dann wurden sie mit DDT entlaust. „Das stinkt ja entsetzlich!" Heinrich verzog sein Gesicht. „Ich schau wie ein Mehlmann aus!", schimpfte er. Nach dem Duschen schlüpften sie in frisches Gewand, versehen mit dem Aufdruck *PW*. Im Doppelschritt ging es zum Zug ins Arbeitslager. Während ihrer Militärzeit waren sie in Güterwagen befördert worden, mit den modernen, gepolsterten Personenwagen hatten sie nicht gerechnet. Othmar starrte den schwarzen Steward an, der Kaffee und Sandwiches servierte, er hatte noch nie einen Menschen dunkler Hautfarbe gesehen. Der Schwarze grinste ihn an, verlegen senkte Othmar seinen Blick.

Es dämmerte. Von seinem Fensterplatz aus betrachtete er die Autos auf den Straßen, die taghelle Beleuchtung, die grellen Leuchtreklamen an den Fabriken. *Sie haben keine Angst, bombardiert zu werden,* ging ihm durch den Kopf. Während eines Aufenthalts in einem Vorort liefen einige Bewohner zusammen, um die Gefangenen durch die Zugfenster zu beobachten. Ein schwarzer Arbeiter, der das Fenster, an dem Othmar saß, mit Schlauch und Besen reinigte, schenkte ihm eine Zigarette. Immer mehr gewann er die Überzeugung, dass er in seiner Gefangenschaft auf gute Menschen treffen würde.

Einen Tag später erreichten sie ihr Lager in North-Carolina, Winston-Salem. Nachdem sie untersucht worden waren erhielten sie eine Nummer, die mit dem Namen auf eine Erkennungsmarke geprägt war. Sie mussten sie um den Hals tragen und bei der Essensausgabe vorzeigen. Baumwoll-Shirts, Arbeitsjacken, lange Hosen, Shorts, alles versehen mit dem Aufdruck *PW*, wurden verteilt. Jedem Gefangenen wurden zwei Paar Schuhe, Unterwäsche, Handschuhe, Socken und ein Regenmantel zugewiesen. Für die Feldarbeit gab es einen Strohhut als Sonnenschutz. Als Vorauszahlung bekamen sie einen Coupon mit einem Dollar und fünfzig Cent, dann wurden sie durch das Lager geführt.

Die Einrichtungen und Gebäude für die Wachmannschaften lagen außerhalb der drei Meter hohen Umzäunung; im Lager befanden sich neben den Unterkünften, den Hygienegebäuden, dem Speisesaal und dem Lazarett auch die Lagerräume für Vorräte und das Gebäude der Lagerkommandantur. Es gab einen Post-Exchange-Laden, PX genannt - ein Einkaufszentrum mit amerikanischem Angebot, einen Sportplatz und Räumlichkeiten zur Freizeitgestaltung, eine Bibliothek sowie eine Kantine. Othmars Unterkunft lag in einer Baracke aus Holz, die fünfzehn Personen fasste und über eigene Sanitär- und Waschräume verfügte. Heinrich wurde derselben Baracke zugeteilt und meinte: „Könnte schlechter sein, was sagst du?" „Ja", antwortete Othmar, „ich glaube, wir haben Glück gehabt." Als er seine Sachen auspackte, fiel ihm die Mundharmonika in die Hände und er dachte an seine Familie. Im gleichen Augenblick sagte Heinrich in einem besorgten Tonfall: „Wie es wohl unseren Leuten daheim geht …" Othmar setzte die Mundharmonika an seine Lippen und begann das Dachsteinlied zu spielen. Die Kameraden kamen heran, einige von ihnen hatten feuchte Augen. Als ein Wachmann eintrat, hörte er zu spielen auf und verbarg die Mundharmonika hinter seinem Rücken. "Nice song. Don't even know it!" "It is from my home." "And where do you come from?" "From Austria." "Oh. The country of Hitler. The madman." Sie schwiegen betreten. Nachdem er fort war, suchten Othmar und Heinrich die Kantine auf und bestellten sich das erste Bier auf amerikanischem Boden. Es schmeckte nicht so schlecht, wie sie befürchtet hatten.

.

Am nächsten Tag erhielten sie ihren Stundenplan. Um 5:30 Uhr wurden sie geweckt, nach dem Bettenbau gab es um 6:00 Uhr Frühstück. Um 6.30 Uhr ging es zurück zu ihren Baracken zum Duschen und Rasieren. Um 7.30 Uhr bestiegen sie den Lastwagen, der sie zu einer Farm führte. Sie wurden in eine Arbeitsgruppe eingeteilt, um Baumwolle zu pflücken. Die Entlohnung betrug 80 Cents pro Tag. Mittags aßen sie auf dem Feld ihre Lunchpakete. Um 13:00 Uhr ging die Arbeit weiter, bis um 16.30 Uhr der Aufsichtshabende die Gerätschaften einsammelte. Die Gefangenen wurden auf ihren Lastwagen verladen und zurück ins Lager gebracht. Nach Dusche und Kleidungswechsel gab es zwischen 18:00 Uhr und 19:00 Uhr Abendessen. Der Rest des Tages stand zu ihrer eigenen Verfügung, einen Tag hatten sie frei.

Auf den Baumwollfeldern arbeiteten sie zusammen mit Schwarzen. Othmar hatte das Gefühl, sie freuten sich, wenn sich Weiße, selbst wenn es nur Kriegsgefangene waren, mit ihnen unterhielten, es beeindruckte sie. Es fiel ihm auf, dass von den Schwarzen mehr Leistung erwartet wurde, was ihn verwunderte.

Als sich der Aufsichtshabende entfernte, erkundete er die Gegend. Er entdeckte eine schiefe Hütte, aus der einige schwarze Kinder herausschauten; neugierig ging er hinein. Das Haus bestand aus nur einem Zimmer - Betten, Tische und Stühle standen herum, die Kinder umkreisten ihn und wollten ihm etwas anbieten, aber er lehnte dankend ab. Er wusste, dass die weißen Farmer es nicht gern sahen, wenn die PWs Kontakt zu den Schwarzen aufnahmen. Sie schüttelten ihre Köpfe darüber, dass die Gefangenen in den Mittagspausen sich mit ihnen, die allein und bescheiden ihre Mahlzeit einnahmen, unterhielten. Er fand es seltsam, dass sie ihn und seine Kameraden mit *Sir* anredeten. Hitler hatte sie, wie die Juden, als *minderwertige Rasse* bezeichnet - warum? Worin lag der Wert eines Menschen? Wer konnte ihn bestimmen? Nachdenklich verließ er die Hütte und blieb kurz stehen, um den Kindern zuzuwinken.

Da er sich gut führte, bekam er die Erlaubnis, das Lager für eine begrenzte Zeit zu verlassen, begleitet von einem amerikanischen Offizier. Ihr Weg führte sie in den frühen Morgenstunden in den Wald, der hinter dem Camp begann. Es machte Othmar froh, den Gesang der Vögel zu hören, es erinnerte ihn an seine Kindheit, an die

Forste in der Steiermark. Der Offizier hieß Frank Stevenson und war ihm sympathisch, sein Wesen war freundlich und gefällig. Je länger sie sich unterhielten, desto mehr vertieften sich ihre Gespräche. Als sie zu einer Weggabelung kamen, meinte Othmar: “I think the most important thing is to stay human in everything you do.” Stevenson blieb stehen, eine ganze Weile sah er ihm in die Augen, bis er sagte: “You’re a fine guy. Call me Frank.“ Othmar nickte erfreut. Er beschloss aber, ihn innerhalb des Lagers nicht beim Vornamen zu nennen; er fürchtete, als Verräter zu gelten. Denn immer noch immer gab es die Fanatiker, die Nazis, die „Lager-Gestapo“, wie sie genannt wurden. Ein Deutscher hatte in seiner Baracke gesagt, dass der Krieg verloren sei. Er wurde von seinen Mitbewohnern als Verräter bezeichnet und zusammengeschlagen. Ein anderer Nazi-Gegner, ein junger Pole, wurde mit Knüppeln und zerbrochenen Milchflaschen fast zu Tode geprügelt. Die Täter wurden aufgegriffen, vor ein Kriegsgericht gestellt und gehängt.

Frank brachte ihm ein grünes Päckchen mit der Aufschrift *Wrigley's Doublemint Chewing Gum*. “From my little daughter. A gift for you.“ “Thanks, but what is *chewing gum*?“ Er sprach es unwissentlich als *shaving gum* aus. Frank konnte sein Lachen nicht zurückhalten. “Try it!“ Othmar öffnete das Päckchen, auf dem ein roter Doppelpfeil abgedruckt war, im Inneren befanden sich in Stanniol eingewickelte Streifen. “Something to eat?“ “Something like that, but don't swallow it!“ Othmar nahm einen Streifen in den Mund und begann zu kauen. Er wusste nicht, was er von der klebrigen Masse halten sollte. Was war das? “This is chewing gum. Do you have something like that in Europe?“ “I don't know. And what shall I do now?“ “Are you already done? You can spit it out!“ Othmar nahm den Kaugummi aus seinem Mund und warf ihn in weitem Bogen über den Zaun. “You don't like it, do you?“ Frank grinste. Dann kam ihm eine Idee. “Do you like to read? They have good books in the library.“ “But my English is not that good.“ “They also have books in German, as far as I know. You just have to search a bit.“

Auf Franks Rat besuchte er die Bibliothek. Er ging langsam durch die Reihen der Regale, bis er auf einem Buchrücken den Namen Heinrich Heine entdeckte. Plötzlich hatte er das Gefühl, im Haus der Eltern zu sein und es wurde ihm warm ums Herz. Als er das Buch herausnahm, öffnete es sich wie von selbst an einer offenbar häufig aufgeschlagenen Stelle.

Wo wird einst des Wandermüden
Letzte Ruhestätte sein?
Unter Palmen in dem Süden?
Unter Linden an dem Rhein?
Werd ich wo in einer Wüste
Eingescharrt von fremder Hand?
Oder ruh ich an der Küste
Eines Meeres in dem Sand.
Immerhin mich wird umgeben
Gotteshimmel, dort wie hier,
Und als Totenlampen schweben
Nachts die Sterne über mir.

„Magst du Heine?“

Othmar wurde aus seinen Gedanken gerissen; er brauchte einen Moment, um wieder in die Gegenwart zu finden. Es war Karl Rosner, ein Literaturstudent aus Wien. Er war ein in sich gekehrter junger Mann und hinkte stark, ein Granatsplitter hatte sein linkes Knie zerschmettert. Manche fanden ihn seltsam, da er die Einsamkeit suchte; nur selten gab er eine Bemerkung von sich. Othmar sah ihn freundlich an und erwiderte: „Daheim haben wir ein Buch von ihm.“ Karl unterdrückte ein Lächeln und trat näher an ihn heran. „Er ist großartig. Nur die wenigsten verstehen ihn, weil er so widersprüchlich ist.“ „Wieso widersprüchlich?“ „Er verhöhnt die Religion, die Gesellschaft, das Vaterland. Darum haben ihn die Nazis nicht leiden können. Vor allem auch, weil er Jude war.“ Othmar senkte seinen Kopf und seufzte. „Ich hatte einen guten Freund, der Jude ist. Ich habe keine Ahnung, wie es ihm und seiner Familie geht.“ „Konnte er flüchten?“ „Das weiß ich nicht. Wohin hätte er flüchten sollen?“ „Vielleicht nach Palästina, dorthin sind Freunde von uns

gegangen.“ Sein Blick fiel auf das Gedicht. „Als ich mit meinen Eltern in Paris war, haben wir Heines Grabmal am Friedhof Montmartre besucht. Das Gedicht steht auf seinem Grabstein.“ Othmar las es nochmals. Es weckte in ihm eine Sehnsucht nach etwas, das er nicht benennen konnte. Er sah Karl offen in die Augen. „Es ist schön! Aber ich sage es dir ganz ehrlich, ich kenne mich bei Literatur nicht besonders aus.“
„Das ist keine Schande“, meinte Karl mit einem warmen Unterton in seiner Stimme und fügte hinzu: „Wenn Heine dich anspricht, solltest du mehr von ihm lesen.“
So oft er Zeit hatte, besuchte er die Bibliothek. Immer wieder traf er auf Karl und hörte ihm gern zu, wenn er über Bücher sprach. Er konnte nicht verstehen, dass man über ihn lachte, aber es schien Karl nicht zu stören. Indem er las, schützte er sich selbst. Was andere über ihn dachten, war ihm gleichgültig.
In der Kantine lagen deutschsprachige Zeitungen und Zeitschriften auf. Die Gefangenen aus Deutschland und Österreich, die gute Englischkenntnisse besaßen,

vertieften sich in die *New York Times*, in *Newsweek* und *Life*: Sie waren verwundert über die unzensierte Berichterstattung der Neuigkeiten über den Krieg.

Die Niederlage der Deutschen schien sich abzuzeichnen. Im Winter 1944/45 kam es zum letzten Versuch der Wehrmacht, mit der Ardennen-Offensive den Vormarsch der Alliierten im Westen zu stoppen. Die Deutschen scheiterten. Als Othmar davon hörte, fragte er sich, wie lange sie noch im Lager bleiben müssten. Auch wenn er nicht wusste, was ihn in Österreich erwartete, sehnte er sich nach seiner Familie, er hatte Heimweh. Im Jänner 1945 suchte er den PX-Laden auf und ließ sich ablichten. Sein Foto wurde auf eine Karte gedruckt und er setzte seine Unterschrift darunter, mehr war nicht erlaubt. Er gab seine Heimatadresse an und brachte die Karte in die Lagerkommandantur. Man teilte ihm mit, dass die Post der Kriegsgefangenen vom Hauptpostamt in New York an die Adressaten versandt würde. Der Gedanke beruhigte ihn. Seine Familie sollte wissen, dass er am Leben war.

Einige PWs, die in Fabriken arbeiteten, hatten intime Beziehungen zu schwarzen Mädchen begonnen. Die Rassentrennung und der in ihr festgelegte Überlegenheitsanspruch der Weißen waren eine Selbstverständlichkeit, aber die PWs wollten ihre sexuelle Enthaltsamkeit beenden und umgingen die Vorschrift. Manchmal hörte Othmar, wie sie sich mit ihren Abenteuern brüsteten.

Als er eines Tages in der Mittagspause sein Sandwich aß, kam eine junge schwarze Frau vorbei am Feld und lächelte ihm zu. Sie war auffallend schön und hatte energische Züge, ihre dunklen Augen leuchteten. Langsam näherte sie sich ihm. Wartete sie darauf, dass er sie ansprach? "You're a handsome boy, you know that?“ Als sie sprach, blitzten ihre weißen Zähne, ihre Stimme war tief und weich. Othmar spürte, wie sein Gesicht zu glühen begann, er wusste nicht, was er erwidern sollte. „You're from the camp?" Er nickte. Ein seltsames Gefühl durchlief ihn, sein Herz schlug so heftig, dass er keinen klaren Gedanken fassen konnte. "Wanna come with me?“ Ohne ein weiteres Wort nahm sie ihn an der Hand. In der Hütte, zu der sie ihn führte, hing ein moderiger Geruch, Spinnweben hatten die Fenster umsponnen, an der Wand stand ein Bett mit zerwühlten Kissen. Sie setzte sich darauf und knöpfte ihre Bluse auf. "Never had a girl before?" Othmar starrte sie an, ihm war kalt und heiß zugleich. Sie streckte ihre Beine aus und umklammerte seine Hüften damit. Dann zog sie ihn an sich, er fiel über sie und wusste nicht, wohin er griff, spürte Wärme in sich aufsteigen, Wonne, und er stürzte in eine andere Welt, die er bis dahin nicht gekannt hatte.

Er öffnete seine Augen. Sie lag neben ihm, ihr Kopf ruhte auf seinem Arm. Ihre dunklen Augen waren weit geöffnet und starrten ins Leere. "I think you've to go now", sagte sie leise. "Will I see you again?" "Don't think so." Zögernd wartete er eine Weile, aber sie schwieg.

Einige Minuten später ging er, in Gedanken verloren, zurück zum Feld, wo die anderen bereits auf ihn warteten. „Du hast Glück gehabt, dass der Alte war nicht da war." Heinrich sah ihn nicht an, während er zu ihm sprach, dann räusperte er sich. Als sie im Lager waren, ließ Othmar lange Zeit eiskaltes Wasser über seinen erhitzten Kopf laufen, um wieder einen klaren Gedanken fassen zu können.

Er sah sie nie wieder.

Das Ende des Krieges schien nahe zu sein. Anfang Mai 1945 verbreitete sich die Nachricht vom Selbstmord Hitlers wie ein Lauffeuer im Lager. Othmar und Heinrich saßen vor der Kantine, die Sonne schien angenehm mild, es war ein schöner Frühlingstag. „In einem Bunker ist er gesessen, der Herr Führer. Hat sich wahrscheinlich vor den Russen verstecken wollen, die feige Sau", knurrte Heinrich. Othmar nippte an seinem Bier. Er dachte an den Kriegskameraden aus München, der von der Nachricht von Hitlers Tod so betroffen gewesen war, dass er sich in den Stacheldraht gestürzt hatte und von den Wachposten erschossen wurde. „Jetzt sind wir vom Fahneneid entbunden, oder? Der Krieg wird doch bald aus sein!" „Bei uns daheim wahrscheinlich schon, aber wer weiß, wie lange das mit den Japanern noch dauern wird.“ Tatsächlich endete der Krieg in Europa am 8. Mai 1945 mit der bedingungslosen Kapitulation der deutschen Wehrmacht. Am 6. und 8.August warfen die USA Atombomben auf die japanischen Städte Hiroshima und Nagasaki ab. Als Othmar und Heinrich am 13.August die Kantine aufsuchten, lag die *New York Times* auf. Auf dem Titelblatt prangte in Großbuchstaben: *WAR IS OVER*. Mit der Kapitulation Japans am 2.September 1945 war der Zweite Weltkrieg endlich vorbei.

Die Stimmung begann sich zu verschlechtern. Die Gefangenen wussten nicht, wie es mit ihnen weitergehen würde. Müssten sie in Amerika bleiben? Schickte man sie heim? Und - wenn ja, was erwartete sie in der Heimat? Die Zukunft war ungewiss.

An einem Abend Ende September brachte man sie in ein Theater, in Deutsch kommentierte Dokumentarfilme über die Verbrechen in den Konzentrationslagern wurden vorgeführt. Es war totenstill im Saal. Einer der Gefangenen wurde unruhig und ging hinaus. Sie hörten, dass er sich übergab. Othmar saß wie versteinert.

Wozu waren Menschen fähig? Was ging in ihren Köpfen, in ihren Herzen vor? War in Schloss Lind Ähnliches geschehen? Ein schrecklicher Gedanke zuckte ihm durch den Kopf. Elias!

Schweigend gingen sie ins Lager zurück. Heinrich räusperte sich unentwegt, Othmar trottete neben ihm her - die Bilder, die sie gesehen hatten, quälten ihn. Als er hinter sich die gemurmelten Worte „Ist doch nur Propaganda“ vernahm, drehte er sich um und schrie: „Hast du keinen Funken Anstand in dir?“ Er war hochrot im Gesicht, eine Ader pochte auf seiner Stirn. Heinrich warf ihm einen erstaunten Blick zu, noch nie hatte er ihn so erlebt.

Othmar fand keinen Schlaf in der Nacht. Am nächsten Tag kam ihm eine Idee. Er tat sich mit Heinrich und Karl zusammen, um Geld zu sammeln, als Spende für die Überlebenden der Konzentrationslager.

Bei einem Spaziergang mit Frank sah er den kurzen, breiten Ast einer Sumpfkiefer auf dem Weg liegen. Das rötliche Holz roch nach Harz und hatte eine feine

Zeichnung. Er nahm ihn mit. "What do you wanna do with it?", fragte ihn Frank, worauf Othmar erwiderte: "I'll carve something. If I ever get home again, I'll have a memory." Auf Franks Gesicht breitete sich ein Lächeln aus. "It's already decided. You *will* come home. I think by the next spring you all will return to your homelands." "Really?" "Yes, really." Im Lager borgte sich Othmar Schnitzwerkzeug und Feilen aus und machte sich mit Feuereifer an die Arbeit. Er schnitzte den Kopf eines Cowboys in das Holz, darunter meißelte er in großen Lettern *Erinnerung an die Gefangenschaft Camp Winston-Salem 30.4.1945 N.C. U.S.A* ein. Danach schmirgelte er es mit Sandpapier glatt und ölte es ein; es fühlte sich geschmeidig und weich an. Stolz betrachtete er sein Werk, es sollte ein Geschenk für seine Eltern sein. „Schöne Arbeit, Othmar", lobte Heinrich. „Warum der 30. April?" „Weil *er* sich da verabschiedet hat".

Im Jänner 1946 begannen die Vorbereitungen für den Abtransport aus den USA, Othmars und Heinrichs Namen standen auf einer Transport-Liste für Februar. Sie wussten, dass in Europa Not und Mangel herrschten und deckten sich mit Waren ein, die sie sowohl tauschen als auch gut transportieren konnten. Othmar besorgte Seifen, Tabak und Zigaretten der Marke *Lucky Strike*. Vor der Rückreise mussten sie ihr Gewand abgeben, das Gepäck wiegen und ihre Bekleidung für die Heimreise mit PW stempeln. Am 22.Februar feierten sie ihren Abschied: Othmar und Frank tauschten ihre Adressen aus und gaben sich das Versprechen, in Verbindung zu bleiben. Frank legte ihm die Hand auf den Arm. “So now I have a friend in Austria!”

Am nächsten Tag wurden sie zum Bahnhof gebracht und fuhren nach Camp Shanks, einem Sammelpunkt in der Nähe von New York, von wo aus täglich Transporte nach Europa abgingen. Drei Tage später wurden sie auf einem Truppentransporter eingeschifft. Wieder ging es an den Wolkenkratzern von Manhattan vorbei, diesmal in umgekehrter Richtung. Überall hingen die Begrüßungsbotschaften für die GIs, die aus Europa zurückgekehrt waren, *Welcome home* und *It's still your Old America*! Noch einmal richtete Othmar seinen

Blick auf die Freiheitsstatue, dann verschwand die Silhouette im Dunst der Stadt.

HEIMKEHR

Im Mai 1946 kamen sie in ihrem Heimatort an und umarmten einander zum Abschied.

Othmar machte sich auf den Weg zu seinem Elternhaus. Alles sah fast aus wie immer. Er ging an der Schule vorüber, aus den offenen Fenstern tönte der Gesang von Kindern. In den Bäumen am Schulhof spielte ein leiser Wind. Othmar blickte zum Himmel, auf dem Wolkenfetzen trieben, dann und wann blitzte die Sonne durch, die Wärme tat ihm gut. Vor dem Haus der Familie Kleeweis blieb er kurz stehen. Nichts regte sich, im Garten wucherte das Unkraut, der hölzerne Zaun war an manchen Stellen eingebrochen. Er kam am Bach vorbei, die Sonnenstrahlen tänzelten auf dem Wasser, in dem die gelbgrünen Blüten von Birken trieben.

Er verlangsamte seine Schritte, als müsste er sich sammeln, dann sah er das Haus. Im selben Moment trat eine Frau heraus, sie hielt einen blechernen Krug in der Hand. Othmars Herz begann, heftig zu schlagen. Die

Frau hob den Kopf und sah ihn an. Ihre Augen weiteten sich, der Krug rutschte ihr aus der Hand und fiel laut polternd zu Boden. Sie schrie: „Othmar!“ Er lief auf sie zu und sie fielen sich in die Arme. „Mutter …“, sagte er leise. Mit beiden Händen umfasste sie sein Gesicht; er spürte, wie rau sie waren. Sie streichelte seine Wangen, Tränen überschwemmten ihr Gesicht. Ihr Haar war grau geworden, der Körper abgemagert, aber ihre Augen leuchteten. „Dass du wieder da bist, Bub!“ Eine Zeit lang fiel kein Wort. Während sie langsam auf das Haus zugingen und Othmar den Krug aufhob, sagte die Mutter: „Der Vater hat einen Schlaganfall gehabt und ist auf der rechten Seite gelähmt. Er kann nicht mehr reden, ist aber ganz bei Verstand. Nur dass du es weißt.“

Der Vater saß in seinem Rollstuhl. In der linken Hand hielt er eine kleine Tafel aus Holz, auf

der mit Kreide geschrieben stand Freu mich sehr - das sehr hatte er zweimal unterstrichen. Othmar fuhr sich mit der Hand über die Augen, dann legte er ihm die Hand auf die Schulter. „Ich bin auch froh, dass ich wieder da bin.“ Der rechte Mundwinkel des Vaters hing herab, das rechte Auge blickte trüb, aber im linken lag etwas wie ein Funkeln. Er war sehr dünn geworden, das Haar schlohweiß, das Gesicht blass und eingefallen. Auf dem Tisch lag die Postkarte aus Amerika. „Letzte Woche ist sie gekommen. Du kannst dir gar nicht vorstellen, wie wir uns gefreut haben!“, sagte die Mutter. „Wir haben ja nicht gewusst, ob du noch …“ Sie stockte, ihr Kinn zitterte ein wenig. Der Vater gab ein unwilliges Geräusch von sich, sie nickte und meinte: „Du hast schon recht. Jetzt ist er ja da. Setz dich her, Bub. Hast du Hunger? Wir haben nicht viel, aber …“ Er verneinte, rückte den Sessel nahe zum Vater und öffnete seinen Seesack. „Ich habe euch etwas mitgebracht.“ Die Mutter schlug die Hände zusammen. „Seife, so etwas Feines! Und Tabak! Der Vater hat schon lang nicht mehr geraucht, aber vielleicht will er es ja einmal wieder versuchen.“ Dann holte er die Mundharmonika aus der Jackentasche. „Die habe ich immer bei mir gehabt“, worauf der Vater auf die Tafel schrieb: Kann nicht mehr spielen, musst jetzt du machen. „Mach ich gern. Vielleicht später.“ Als er die Mundharmonika in die Tischlade räumte, sah er Elias‘ Dose darin liegen.

Die Fenster standen offen, von draußen fiel der Sonnenschein in die Stube. Othmar fragte nach den Schwestern. „Die Ridi arbeitet als Krankenschwester in Judenburg. Der Lechner Martin, du weißt, ihr Verlobter, ist bis heute nicht aus Russland zurückgekommen. Sie hat gesagt, sie tut ihm vielleicht etwas Gutes, wenn sie anderen hilft. Du kennst sie ja. Die Frieda wohnt jetzt im Lungau, in Tamsweg, bei meiner Schwester am Hof. Sie schaut auf die Kinder und arbeitet am Feld mit. Denen geht es gar nicht so schlecht dort. Und die Gerti ist nach Leoben gegangen.“ „Nach Leoben?“ „Ja. Leoben ist fast ganz von den Bomben verschont geblieben.“ „Und was macht sie da?“ „Sie arbeitet beim Kastner&Öhler, im Kaufhaus.“ Die Mutter erzählte von den Bombenabwürfen auf Graz, der Angst, die sie vor den Russen gehabt hatten. „Ein Glück war das, als die Briten gekommen sind. Diese englischen Offiziere waren richtig feine Herren, die haben uns schon von Weitem entgegen gewinkt und waren so freundlich. Einer von ihnen hat der Ridi eine dicke Decke geschenkt, aus der hat sie sich einen Mantel gemacht. Mit dem Essen schaut es nicht so gut aus. Es gibt jetzt Lebensmittelkarten, da kriegt man ein bisschen Fleisch, Fett und Brot. Milch gibt es nur für Kinder und Kranke. Der Vater kriegt auch eine." „Und wo gibt es das?", fragte Othmar. „Im Kaufhaus beim Pichler, dort, wo du gearbeitet hast. Uns geht es nicht so schlecht. Wir haben hinterm Haus ein kleines Erdäpfelfeld, Bohnen und Erbsen haben wir auch. Aus den Erbsen mache ich manchmal einen Kaffee, besser als gar nichts. Und wenn die Frieda zu Besuch kommt, bringt sie uns immer etwas mit - letztes Mal war sogar ein Rindfleisch dabei. Mit dem Gewand, das ist ein Problem. Vor allem mit den Schuhen. Aber in der Humanic-Fabrik in Graz wird wieder gearbeitet." Othmar bemerkte, dass der Vater ein wenig zitterte. Er stand auf, schloss die Fenster und legte ihm seine Jacke um die Schultern. Die Mutter sagte noch: „Der Winter war besonders schlimm. Da haben sogar die

Besatzungstruppen Holz fällen müssen, damit wir genug zum Einheizen haben. Aber jetzt erzähl einmal du, Bub! Wie ist es dir gegangen? Was hast du da für eine Narbe auf der Stirn?“ „Das war ein Granatsplitter …“ Die Blicke der Eltern hingen an seinen Lippen. Immer wieder schüttelte die Mutter den Kopf, dann und wann bekreuzigte sie sich. Die Stunden vergingen wie im Flug, da hörten sie ein Geräusch an der Tür. Es war Ridi. Als sie Othmar sah, blieb sie wie angewurzelt stehen, sie wankte ein wenig und wurde blass. Othmar sprang vom Tisch auf, hielt sie fest und drückte sie an sich. Sie lachte und weinte durcheinander, dann sagte sie: „Jetzt muss ich mich einmal hinsetzen!“

Es war Mitternacht, als sie zu Bett gingen.

Am nächsten Tag stellte Othmar am Gemeindeamt einen Antrag auf einen Identitätsausweis. Dann ging er ins Ortskaufhaus; der alte Herr Pichler freute sich, ihn zu sehen. „Gut, dass du wieder da bist. Ich könnte jemand brauchen, der mir im Lager hilft. Aber viel bezahlen kann ich dir nicht, die Zeiten sind schlecht.“ Bevor Othmar ihm danken konnte, redete er weiter. „Hast du schon gehört, was mit dem Gruber passiert ist? 1945 hat er sich erschossen. Man soll einem Toten nichts Schlechtes nachsagen, aber mir tut es nicht leid um ihn.“ Er räusperte sich. „Kann ich sonst noch etwas für dich tun?“ Othmar nickte. „Wissen Sie irgendetwas von der Familie Kleeweis?“ „Du meinst den Schneider! Ich habe gehört, dass sie nach Graz gegangen und von dort später nach Wien umgesiedelt worden sind. Angeblich ist da im 39er-Jahr ein Schiff mit Juden weggefahren, vielleicht waren sie dabei. Ein Anwalt aus Wien soll das organisiert haben.“ „Woher wissen Sie das?“ „Mein Bruder war doch mit einer Jüdin verheiratet. Er hat mir das damals von dem Schiff erzählt.“ „Und?“ Er seufzte. „Ich habe nichts mehr von den beiden gehört. Sie haben es wahrscheinlich nicht geschafft.“ Er nahm einen Besen zur Hand und begann, akribisch den Boden zu fegen.

Zwei Wochen später kam ein Paket. Die Mutter, die stundenweise beim Pfarrer als Hausgehilfin arbeitete und gerade daheim war, nahm es entgegen, es war sehr schwer. „Von wem ist denn das?“, fragte sie den Postboten erstaunt. Er kratzte sich am Kopf und sagte: „Ja, ich meine, das kommt von weit weg, von Übersee!“ Dann schwang er sich wieder auf sein Waffenrad und fuhr davon. Die Mutter konnte das Paket kaum heben und stöhnte, als sie es ins Haus schleppte. Es war an Othmar adressiert, den Absender konnte sie nicht entziffern, den amerikanischen Poststempel mit der Freiheitsstatue betrachtete sie mit Ehrfurcht. „Der Othmar hat ein Paket gekriegt, aus Amerika!“, sagte sie zum Vater, der die Murtaler Volkszeitung las. Er brummte vor sich hin und deutete auf einen Artikel.

Raubüberfall bei Neumarkt – Betrunkener Ausländer versorgte sich mit Schuhwerk, las die Mutter laut und schüttelte den Kopf. Dann sagte sie wieder: „Der Othmar hat ein Paket gekriegt, aus Amerika!“ Der Vater hob den Kopf und stieß einen freudigen Laut aus. Als Othmar abends auf den Absender blickte, musste er lächeln. „Es ist von Frank …“ „Ist das der nette Amerikaner, von dem du uns erzählt hast?“, wollte die Mutter wissen. „Genau der.“ Nachdem er das Paket vorsichtig mit einem Messer geöffnet hatte, stockte ihm der Atem. Die Mutter schlug die Hände zusammen. Da waren Konserven mit Rindsuppe, Corned Beef, Marillen, Gläser mit Honig sowie Margarine, Zucker, Vollmilchpulver und Kaffee. Sogar zwei dicke Decken, ein großes Stück Wollstoff und vier Packungen Lucky-Strike-Zigaretten hatte Frank mitgeschickt. Sie fühlten sich wie im Schlaraffenland. Die Mutter nahm eine Dose mit Kaffee in die Hand. „Was steht da drauf, Othmar?“ Er las vor: “This coffee has been carefully selected and is guaranteed to give perfect satisfaction.“ „Aha. Und was heißt das?“ Othmar lachte. „Dass der Kaffee besonders gut schmeckt!“ Die Mutter strahlte. „Endlich wieder einmal etwas anderes als der ewige Erbsenkaffee!“ Sie streichelte die Dose. „Weißt du, was schön ist, Bub? Dass da draußen irgendwo in der Welt Menschen sind, die für einen da sind und einem helfen.“ Othmar las die Karte, die Frank dazu gelegt hatte.

Dear Othmar, I hope you got home safely. I didn't put chewing gum in the package, I got the impression that you didn't like it. I would be glad to hear from you again. Greetings from America!
AUF WIEDERSEHEN!
Frank

Immer wieder war in den Zeitungen von Einbrüchen und Diebstählen zu lesen, während die Geschäfte am Schwarzmarkt in Graz blühten. Waren aus zweiter Hand wurden getauscht, von alten Pelzmänteln bis hin zu Kochtöpfen und abgelegten Schuhen, gegen Zigaretten, Schokolade, Erdäpfel oder Mehl. Lucky-Strike-Zigaretten galten als Ersatzwährung. Selbst mit Nägeln konnte man gute Geschäfte machen. Der Schwarzmarkt war offiziell verboten, den Schiebern drohten strenge Strafen.
Othmar machte sich Anfang Juni 1946 von seinem Heimatort aus im Zug auf den Weg nach Graz, um seine Zigaretten einzutauschen. Der Vater und die

Mutter brauchten Unterwäsche, für Ridi wollte er eine Jacke, für sich selbst Schuhe besorgen. Auf dem Markt standen viele Leute herum, sie murmelten vor sich hin. Othmar vernahm Wörter wie *Schinken, Brotmarken, Zigaretten* und gewann den Eindruck, als suchten mehr Leute etwas zu kaufen, als es zu kaufen gab; die Nachfrage war größer als das Angebot. Er sah, wie Polizisten, die Kontrollen durchführten, Waren zum eigenen Gewinn weiter verkauften.

Jemand berührte ihn am Arm. „Heute nicht am Baumwollfeld?“ Es war Heinrich. „So sieht man sich wieder!“ Sie umarmten sich. Leise fragte Othmar: „Was suchst du?“ „Stiefel für den Vater.“ Er hatte eine Vase und einen Kochtopf in seiner Tasche. „Aber ob ich damit einen Renner machen werde, bezweifle ich.“ Sie gingen durch den Markt. Othmar war erfolgreich und verstaute Unterwäsche, Jacke und Schuhe in seinem Seesack. Ein Päckchen Zigaretten war ihm übriggeblieben. Heinrich hatte Pech gehabt. „Ich hab's ja gewusst,“ knurrte er. „Lass mich nur machen“, sagte Othmar zuversichtlich. Als er zurückkam, hielt er ein Paar

Stiefel in der Hand. „Und zwei Zigaretten habe ich mir behalten. Die gönnen wir uns jetzt.“ Heinrich schüttelte seinen Kopf. „Du bist wirklich ein Freund, Othmar. Dem Vater haben sie die Stiefel gestohlen. So eine Bagage.“ Othmar lachte. Gemeinsam gingen sie zum Ufer der Mur und setzten sich auf eine Holzbank, die von der Sonne beschienen war. „Unser Zug geht in zwei Stunden, da haben wir noch genug Zeit,“ meinte Othmar. Sie rauchten mit Genuss ihre Zigaretten. Eine Weile schwiegen sie, bis Heinrich ihn fragte: „Denkst du manchmal an die Normandie? An den bewussten Tag?“ Othmar blickte in den Strom, in dem Holzbretter trieben, die sich träge im Wasser bewegten. „Ich versuche, es zu vergessen, aber ich kann es nicht. Vor allem an Kurt muss ich immer denken. Sechzehn Jahre alt. Niedergemäht wie Gras.“ Er schloss die Augen, seine Miene wurde bitter. „Für nichts und wieder nichts,“ sagte Heinrich wütend. „*Für Führer, Volk und Vaterland.* Die haben uns für schön blöd verkauft.“ Im selben Moment landete ein leuchtender, orangefarbener Schmetterling auf der Banklehne. „Ein

Kaisermantel“, stellte Othmar fest. „Die Ridi würde jetzt sicher sagen, das ist ein Gruß vom Kurt …“ Sie saßen noch lange in der Sonne. Es fielen nicht mehr viele Worte, bis sie sich auf den Weg zum Zug machten.

An einem Sonntag im Juli setzte sich Othmar auf sein Fahrrad und fuhr zum Badesee im Nachbarort. Er watete zügig durch das Wasser, bis er mit kräftigen Stößen weit hinausschwamm. Wolkenballen spiegelten sich im See, der warm an der Oberfläche und kalt in der Tiefe war. Das Wasser schmiegte sich ihm um die Schultern und er ließ sich treiben. Wie sollte sein Leben weitergehen? Er war dankbar dafür, die Arbeit im Kaufhaus zu haben, aber sie machte ihn nicht glücklich. Er interessierte sich für die Welt der Gastronomie. Gehörte ein Kellner nicht zur Kultur einer Gaststätte? War es nicht eine Ehre, die Szene eines Restaurants zu dirigieren, Gäste mit Charme und Witz zu bedienen? Gab es nicht die Möglichkeit, aufzusteigen? Als er zum Ufer schwamm, war sein Plan gefasst. Er legte sich ins Gras, die Schatten der Bäume in der tiefstehenden Sonne begannen, länger zu werden. Für die jungen Leute aus seinem Heimatort bliebe wahrscheinlich alles beim Alten. Sie würden erleben, wie die Vögel im Herbst in den Süden zogen, der See im Winter zufror, der Schnee die Gipfel der Berge bedeckte, jahrein, jahraus. Aber er sehnte sich nach einer Veränderung. Er wollte nach Wien.

Wenn wir groß sind, dann bauen wir uns jeder ein Haus, in derselben Straße, nebeneinander. Und dann spielen unsere Kinder zusammen. Und wir lassen es uns richtig gut gehen.

Er blickte in den See hinaus und fragte sich wie so oft, ob Elias noch am Leben war.

Der trockene und heiße Sommer 1946 hatte dafür gesorgt, dass die Ernteerträge weit hinter den Erwartungen zurückgeblieben waren; immer noch herrschten Hunger und Not. Die Menschen fürchteten den Winter, es fehlte an Kohle und nach wie vor an Lebensmitteln. Österreich gehörte zu den am schlechtesten versorgten

Ländern Europas. Als Othmar eines Samstags mittags vom Kaufhaus heimkam, sah er die Murtaler Volkszeitung auf dem Tisch liegen und las von einer drohenden Teuerungswelle. Er setzte sich hin und begann zu blättern, bis er auf einen Satz stieß, an dem sein Blick hängen blieb.

MENSCH SEIN! stand da in dicken Lettern. Aufmerksam las er den Beitrag.

Noch trennt uns eine viel zu kurze Spanne Zeit von den bitteren Ereignissen der letzten Jahre. Sie sind allen bekannt. Und auch jene, die sie nicht wahrhaben wollen oder die sich ihrer schämen und sie ungeschehen machen wollten, leiden unter den entsetzlichen Folgen eines in verantwortungsloser Weise entfesselten Weltbrandes. Die Erbitterung über die namenlosen Leiden, die über uns alle durch den mutwillig heraufbeschworenen und sinnlos verlängerten Krieg kamen, und über die sonstigen Untaten und Schikanen des verflossenen Regimes ist noch groß. Sollten wir nicht aus unserer

und der anderen Völker Geschichte, insbesondere aus der jüngsten, wirklich nichts gelernt haben?
Wenn wir uns doch verstünden! Wenn wir die Phantasie aufbrächten, um uns in die Seele des anderen hineinzudenken und die Kraft, der gewonnenen besseren Einsicht gemäß zu handeln. Möge die Zeit vorüber sein, in welcher man nur haßte und verachtete, was anderen Blutes und anderer Sprache und anderer Meinung war. Lernen wir daher, uns gegenseitig zu verstehen.

Die Worte berührten ihn. Lange noch blieb er am Tisch sitzen und starrte zum Fenster hinaus, tief in Gedanken versunken.

AUF NACH WIEN!

Aus dem Radio im Kaffeehaus am Graben ertönte das Harry-Lime-Thema. Es war das Jahr 1952.

Graham Greene, der englische Romancier, war 1948 von einer Londoner Produktionsfirma nach Wien geschickt worden; er sollte ein Drehbuch über das zerstörte und von den vier alliierten Mächten besetzte Wien schreiben. Die Dreharbeiten zu *Der dritte Mann* hatten im Oktober 1948 begonnen und sieben Wochen gedauert, die Österreich-Premiere fand am 19. März 1950 im Wiener Apollo-Kino statt. Die Wiener hatten keine rechte Freude mit dem Film, der ihre Heimatstadt als Spielplatz des Kalten Krieges und der Spionage zeigte, in der der Schwarzmarkt blühte. Sie wollten nicht mehr an den Krieg erinnert werden.

Othmar lernte das von Ruinen zerstörter Häuser durchzogene Wien im Frühling 1947 kennen. Die USA unterstützten mit dem Marshall-Plan den Wiederaufbau, langsam ging es aufwärts. Neue Wohnhäuser und Fabriken entstanden, Straßen und Bahnlinien wurden wiederhergestellt, in feierlichen Zeremonien Wasserkraftwerke und Brücken eröffnet. Die Landwirtschaft erlebte einen Aufschwung und der Tourismus nahm wieder zu.

Othmar saß im Schanigarten des Kaffeehauses und rührte in seinem großen Braunen. Er war vor fünf Jahren nach Wien übersiedelt und hatte es nie bereut. Seine Kellnerlehre hatte er mit Auszeichnung abgeschlossen und, auf Empfehlung seines Arbeitgebers, eine Stelle in einem gehobenen Restaurant im ersten Bezirk angenommen. Den vorgeschriebenen Smoking, das weiße Hemd und die schwarze Fliege trug er mit Stolz, die Arbeit machte ihm Freude, der Verdienst und das Trinkgeld übertrafen seine Erwartungen.

Die Mutter und die Schwestern waren in der Steiermark geblieben, im Jahr 1951 war der Vater gestorben. „Er ist ganz friedlich eingeschlafen“, erzählten sie ihm, nachdem er zur Beerdigung hingefahren war. Glückliche Erinnerungen an die Kindheit erwachten in ihm, als er sein Elternhaus wieder sah, aber er wusste, dass er die richtige Entscheidung getroffen hatte. Er mochte das rege Treiben in Wien, die großen, alten Häuser und besonders den *Steffl*, wie die Wiener den Stephansdom liebevoll nannten. Der mittelalterliche Dachstuhl des Domes war im April 1945 vollständig verbrannt, die im Volksmund als Pummerin bezeichnete Glocke in die Tiefe gestürzt und zerschellt. Aus den Trümmern der ersten Glocke wurde 1951 in St.Florian bei Linz die neue Glocke gegossen und am 26.April 1952 in einem feierlichen Einzug nach Wien gebracht.

Othmar war kein großer Kirchgänger, aber den tiefen, dunklen Klang der Pummerin hatte er gern. Manchmal konnte er die Glockenschläge bis in seine Wohnung im zweiten Bezirk hören, der zum sowjetischen Sektor gehörte. Die Wohnung bestand aus einem Zimmer, einer Küche und einem winzigen Kabinett und befand sich im ersten Stock eines Gründerhauses. Klosett und Wasserleitung waren auf dem Gang. Küche und Kabinett lagen hofseitig. Im Hof wohnte ein Fotograf in einem niedrigen Holzhäuschen, auf dem ein Schild mit der Aufschrift *Atelier* angebracht war. Othmar ließ sich von ihm ablichten und schickte das Bild seiner Mutter.

Im Stockwerk über ihm lebte ein alter jüdischer Herr. Als Othmar ihm im Hausflur begegnete und sah, dass er eine schwere Tasche trug, bot er ihm seine Hilfe an, worauf ihn der alte Herr zum Tee einlud. Er hieß Viktor Rosen, war Witwer und kinderlos, an die siebzig Jahre alt, hatte dichtes weißes Haar, eine hohe Stirn und hielt sich, was Othmar auffiel, bemerkenswert aufrecht. Er fragte ihn, warum er nach Wien gekommen sei, und Othmar, der sich über sein Interesse freute, begann zu erzählen, von seiner Kindheit, seinem Dienst an der Front und den Jahren der Gefangenschaft. Herr Rosen hörte aufmerksam zu, dann und wann nickte er, in seinem Gesicht lag ein Ausdruck der Güte, seine Augen ruhten auf ihm mit einem verständnisvollen Blick.

Othmar staunte über die vielen Bücher in den Regalen, die bis zur Decke reichten und fragte sich, wie ein einziger Mensch so viel lesen konnte, sagte aber nichts dazu, sondern bewunderte den alten Herrn im Stillen.

Bevor er sich von ihm verabschiedete, sah er an einer Wand ein Gemälde, das ihm bekannt vorkam. Ein

Mann auf dem Gipfel eines Gebirges blickte in den dichten Nebel, aus dem Felsen und vereinzelte Bäume herausragten. Herr Rosen folgte seinem Blick. „Kennst du das Bild?“ „Meine Eltern haben dasselbe in ihrem Schlafzimmer, aber es ist viel kleiner als Ihres.“ Ein Lächeln huschte über das Gesicht des alten Herrn. „Das ist von einem bedeutenden Maler der Frühromantik, Caspar David Friedrich. Es heißt *Der Wanderer über dem Nebelmeer*. Es ist natürlich nur eine Kopie, aber sie ist sehr gut gelungen. Was verbindest du damit?“ Othmar überlegte kurz. Dann räusperte er sich und sagte: „Ich verstehe leider nicht viel von Kunst. Es war auch das einzige Bild bei uns im Haus. Als kleiner Bub hat es mich sehr beeindruckt.“ Er betrachtete es eingehend. „Mir kommt vor, als würde der Mann im Nebel etwas suchen.“ „Und was könnte der Wanderer suchen?“ „Vielleicht sein Leben?“ Verlegen fügte er hinzu: „Aber wie gesagt, ich weiß nicht viel über Kunst.“ In Herrn Rosens Stimme kam ein warmer Unterton, als er erwiderte: „Stell dein eigenes Licht nicht unter den Scheffel. Es geht im Leben nicht nur um die

Bildung des Geistes. Du bist ein bemerkenswerter junger Mann, und du hast sehr viel Herzensbildung. Gerade die vergangenen Zeiten haben uns gelehrt, was Menschen, denen sie fehlt, anrichten können.“ Othmar lächelte verlegen. „Ich glaube, Sie überschätzen mich.“ „Oh nein, mein Junge, das tue ich gewiss nicht.“ Er schwieg kurz und sah ihn eindringlich an. „Und hast du schon Freunde in Wien gefunden?“ Othmar schüttelte den Kopf. „Meinen besten Freund habe ich verloren.“

Während er auf dem Graben saß und seinen Gedanken nachhing, fuhren die „Vier im Jeep“ vorbei, ihre Blicke glitten prüfend durch die Gegend. Sie waren in Uniform, dem Russen hing das Hemd, in der Taille eng durch einen Ledergürtel zusammengehalten, außen über die Hose. Der Engländer und der Franzose hatten eine Baskenmütze auf dem Kopf, der Amerikaner trug ein Schiffchen und kaute unaufhörlich Kaugummi. Othmar vernahm ein unterdrücktes Murmeln hinter sich: „Wann werden die endlich abziehen?“

Er trank seinen Kaffee aus und bezahlte. Als er aufstehen wollte, blieb er mit der Jackentasche seines Anzugs an der Sessellehne hängen, und der Stoff riss ein. Ein Gast hatte ihm von einem neuen Schneider in der Kärntnerstraße erzählt. Othmar machte sich auf den Weg, überquerte den Graben, ging zum Stock-im-Eisen-Platz und warf im Vorbeigehen einen schnellen Blick auf die Würfeluhr - er hatte noch genug Zeit. Dann bog er in die Kärntnerstraße ein. Aufmerksam betrachtete er die Geschäfte, bis er auf einen Laden mit einer edlen, aus dunklem Holz angefertigten Fassade stieß. In einer der Auslagen stand eine goldfarbene Schneiderpuppe, um die ein buntes Maßband geschlungen war. Er trat ein und vernahm über sich das fröhliche Klingeln des Glockenspiels an der Eingangstür. Der Raum war vornehm und gepflegt. Große Spiegel säumten die hohen Wände, vom weichen Teppichboden, kleinen Marmortischen bis hin zu zierlichen Sitzbänken war alles in Weiß und Gold gehalten. Eine Verkäuferin führte einer Kundin Stoffmuster vor. Hinter dem Tresen stand ein junger Mann in einem eleganten Anzug und verneigte sich. „Bitte schön, der Herr!“, sagte er freundlich. Othmar starrte ihn an, er hatte das Gefühl, etwas wiederzuerkennen, ein Bild, das ihn an seine Kindheit erinnerte. Der Mann hatte schwarzes, gewelltes Haar, dunkle, langbewimperte Augen und einen weltoffenen Blick. In seinem Gesicht breitete sich ungläubiges Staunen aus.

Wenn wir groß sind, dann bauen wir uns jeder ein Haus, in derselben Straße, nebeneinander. Und dann spielen unsere Kinder zusammen. Und wir lassen es uns richtig gut gehen.

Es war sehr still geworden. Die Verkäuferin fragte: „Ist alles in Ordnung, Herr Chef?“ Elias trat langsam hinter dem Tresen hervor. „Es ist alles in bester Ordnung.“

Die beiden Freunde sahen sich an, eine Zeit lang fiel kein Wort, bis Elias sagte: „Das ist mein Freund Othmar.“ Unsicher standen sie einander gegenüber, wusston nicht, ob sie lachen oder weinen sollten.

Denn wir werden uns wieder sehen, das verspreche ich dir!

Elias schüttelte langsam den Kopf. „Bist du es *wirklich*?“ Und dann taten sie das, wonach sie sich gesehnt hatten. Sie fielen einander in die Arme.

Am nächsten Abend trafen sie sich in Elias‘ Wohnung, nahe des Augartens. Als Othmar aus dem Fenster blickte, konnte er über die Dächer des nächtlichen Wiens bis hin zum Kahlenberg sehen.

Elias öffnete eine Flasche Weißwein und sie stießen miteinander an. Stunde um Stunde verging, während sie ihre Erinnerungen austauschten. Es war ihnen, als hätten sie sich nie verloren. Als Othmar sagte: „Ich bin im 38er-Jahr an eurem Haus vorbeigekommen. Da wart ihr schon weg“, senkte Elias seinen Blick. „Wir sind nach Graz gefahren, zum Bruder von meinem Vater, und dann nach Wien umquartiert worden. Es war schlimm, Othmar, das kann ich dir sagen. Wir haben da in einer Sammelwohnung vegetiert wie Vieh.“ „Der alte Pichler, du weißt, der aus dem Kaufhaus, hat etwas von einem Schiff erzählt, das im 39er-Jahr mit steirischen Juden abgefahren sein soll.“ „Davon habe ich gehört. Ich bin Ende 38 auf einen Kindertransport nach

England gekommen. So habe ich überlebt.“ „Und deine Eltern? Und David?“ „Der Vater und David sind in Theresienstadt umgekommen.“ „Und die Mutter?“ „Die Mutter ist noch vor ihrer geplanten Deportation nach Auschwitz gestorben.“ Es war sehr still. Das einzige Geräusch, das Othmar wahrnahm, was das Ticken einer kleinen Uhr, die auf einer Kommode an der Wand stand. Elias öffnete eine Schublade und nahm ein Buch heraus. „Das habe ich mir beim Kuppitsch in der Schottengasse gekauft. Es hat mir gutgetan.“ Othmar betrachtete den Einband, auf dem ein Stacheldraht und eine zerbrochene Brille abgebildet waren, in roten Buchstaben stand darüber *Ein Psycholog erlebt das KZ.* „Von wem ist das Buch?“ „Er heißt Viktor Frankl.“ „Es hat dir gutgetan?“ „Ja. Er schreibt, dass es immer möglich ist, im Leben einen Sinn zu sehen. Sogar im KZ.“ Sie schwiegen eine Weile, dann fragte Elias: „Wie ist es dir ergangen?“ Othmar begann zu erzählen, von den Erlebnissen in der Normandie, der Gefangenschaft in den Staaten und seiner Heimkehr. „Und wie bist du zu deinem Geschäft gekommen?“,

wollte er von Elias wissen. „Es ist nicht *mein* Geschäft. Es gehört einem alten Ehepaar, das nach dem Anschluss nach London emigriert ist. Der Laden wurde arisiert. Die beiden haben mich aufgenommen. Als ich ihnen erzählt habe, dass mein Vater Schneider war, haben sie mir angeboten, das Geschäft für sie zu führen. Die Wohnung habe ich auch ihnen zu verdanken."
„Dein Vater hätte eine Freude, dass es dir so gut geht. Und jetzt bist du sogar in seine Fußstapfen getreten." Dann kramte er in seiner Jackentasche. „Ich habe dir etwas mitgebracht."
Ich möchte dir das geben, damit du eine Erinnerung an mich hast, wenn wir nicht mehr da sind.
Er legte eine goldfarbene Dose auf den Tisch, in schwarzen Lettern war der Name *Elias* eingraviert. Elias zog den Atem ein und strich zärtlich mit den Fingern darüber. „Die einzige Erinnerung, die mir geblieben ist", sagte er leise und fuhr sich mit der Hand über die Augen. Othmar erhob sein Glas und trank ihm zu. Endlich hatten sie sich wieder.

In den Wochen, die folgten, gingen sie oft zusammen aus, besuchten das neue Kino *Welt-Kamera* auf der Mariahilferstraße und sahen sich die Wochenschau an. Im Juni fuhren sie in das Strandbad Gänsehäufel. Heimlich hofften sie, ein Mädchen im Bikini zu sehen, dem neumodischen Zweiteiler aus Frankreich, er galt als skandalös. Ihre Hoffnung blieb unerfüllt.
Eines Abends besuchten sie das Wiener Tanzorchester. Die Klänge des Saxophons erfüllten den Raum und Othmar betrachtete die Paare, wie sie sich zärtlich aneinander geschmiegt an ihm vorbeibewegten. Mit einem Mal fühlte er sich einsam. Er hatte das Gefühl, seine Zeit zu vergeuden.

„Herr Othmar, ich möchte Ihnen das Fräulein Helene vorstellen. Sie wird ab sofort bei uns arbeiten." Der Geschäftsführer hatte ihn zur Seite genommen. Helene lächelte scheu, den Kopf ein wenig zur Seite geneigt. Othmar streckte ihr die Hand entgegen. *Wie hübsch sie ist,* dachte er. Eine nachdenkliche Offenheit lag in ihren dunklen Augen; sie vermittelte ihm das Gefühl, sie beschützen zu müssen. Über seine Stirn zog eine leichte Röte und es fiel ihm schwer, seinen Blick von Helene abzuwenden. Der Geschäftsführer räusperte sich kurz. „Also dann, Fräulein Helene, herzlich willkommen bei uns!“ sagte er schließlich und ließ die beiden stehen. Helene sah Othmar eine Zeitlang an; ihm schien es, als würde ihr Blick sein Gesicht abtasten. Ihr Hals war so frisch, als wäre er mit Tau besprüht. Das dichte, gewellte Haar hatte die Farbe von Kastanien, die Lippen waren herzförmig geschwungen. Sie erinnerte ihn an Rita Hayworth, die schönste Frau, die er je gesehen hatte. „Gestatten, Othmar Berger.“ Er verneigte sich kurz und wunderte sich, dass seine Stimme so ruhig klang. „Helene Keresztes“, entgegnete sie. Othmar musste lächeln. „Sind Sie Ungarin?“ „Meine Großeltern lebten in Ungarn.“ Darauf schwieg sie wieder. Othmar, für gewöhnlich nicht schüchtern, spürte ein ungewohntes Gefühl von Beklemmung. „Herr Ober, zahlen bitte!“ Er nickte Helene kurz zu und eilte zu seinem Gast.

Sie war ihm ein Rätsel. Sosehr er sich darum bemühte, mit ihr ins Gespräch zu kommen, er spürte ihre Zurückhaltung. Bei aller Freundlichkeit blieb sie reserviert. Als sie Blumen auf den Tischen arrangierte, sah er sie lächeln und dachte sich: *Wenn sie doch einmal mich so anschauen würde*! Seine Ungeduld wuchs täglich. Wie könnte er sie für sich gewinnen?
Im Restaurant fand eine Familienfeier statt. Der Tafel im großen Saal war mit weißen Leinentischtüchern gedeckt. Neben den Tellern lagen Stoffservietten, von roten Seidenbändern zusammengehalten. Durch die hohen Fenster fiel Sonnenlicht auf die Weingläser, die es zurückstrahlten. In die Mitte der Tafel hatte Helene eine Silberschale mit weißen Azaleen gestellt, der Geschäftsführer nickte zufrieden. Die ersten Gäste kamen durch die gläserne Drehtür, Othmar geleitete sie zur Tafel. Geräusche von Messern, Gläsern und Tellern waren zu hören, Stimmengeschwirr und Lachen erfüllten den Raum, bis jemand mit einem Löffel gegen ein Weinglas schlug. Othmar stand im Hintergrund und sah sich um. Wo war Helene? Er verließ unbemerkt

den Saal und warf einen Blick in das Separee. „Helene!“ Sie bedeckte ihr Gesicht mit beiden Händen und weinte. „Was haben Sie denn?“ „Meine Mutter …“ „Was ist mit Ihrer Mutter?“ „Sie ist tot. Und Vater habe ich auch keinen mehr.“ Othmar streckte seine Hand aus und berührte sie vorsichtig an der Schulter, der schmerzliche Ausdruck in ihrem Gesicht machte ihn betroffen. Sollte sie sich nur ausweinen, es würde ihr guttun. Darauf bedacht, ihr etwas Gutes zu tun, fiel ihm im Augenblick nichts anderes ein, als ihr aus der Küche ein Stück Torte und eine Tasse Kakao zu bringen. Ihr Blick ging in ein schüchternes Lächeln über und vertiefte sich. „Herr Othmar? Fräulein Helene?“ Die Stimme des Geschäftsführers klang ungehalten. „Sie werden gebraucht!“ Er betrachtete Helenes Gesicht und sah Othmar kopfschüttelnd an. „Fisimatenten“, knurrte er vor sich.

Beim Vindobonakino am Wallensteinplatz hatten sie ihr erstes Rendezvous. Mit Stolz trug Othmar seine Bundfaltenhosen, das weiße Perlonhemd und darüber das Sakko, von Elias eigens für diesen Anlass angefertigt, dazu die neue Krawatte und das Einstecktuch in der Brusttasche. Die eleganten Leder-Schnürschuhe waren auf Hochglanz poliert. Sah er nicht fast aus wie James Stewart? Helene hatte ein Faible für den amerikanischen Schauspieler, seit sie ihn in *Mein Freund Harvey* im Kino gesehen hatte. Othmar fuhr durch sein Haar und warf einen Blick auf die Armbanduhr. Sie hatten sich für 15:00 Uhr verabredet, er war bereits zehn Minuten vorher da gewesen, in der Hand ein Strauß roter Rosen, eingewickelt in weißes Seidenpapier. Die Glocke der Brigitta-Kirche schlug dreimal. Dass Helene nicht auf die Minute pünktlich war, störte Othmar nicht. Die Kirchenuhr schlug zur Viertelstunde. Mittlerweile studierte er die Filmplakate in den Auslagen des Kinos. Die Kirchenuhr schlug zur halben Stunde. Allmählich wurde er unruhig. *Sie wird mich doch nicht versetzen?* Er ging auf und ab, eine ältere Dame trippelte vorbei - lag in ihrem Blick ein Hauch von Mitleid? Er spürte, wie Wut ihm aufstieg. Als die Kirchenuhr zur Dreiviertelstunde schlug, warf er den Strauß in einen Mülleimer. Da bog, strahlend schön, Helene um die Ecke. „Entschuldigen Sie bitte, Herr Othmar, ich habe mich ein bisschen verspätet …“ In Windeseile zog Othmar hinter seinem Rücken die Blumen heraus. „So schöne Rosen … wie nett von Ihnen!“ Unauffällig ließ Othmar seinen Blick über sie gleiten. Sie trug ein tailliertes cremefarbenes Kostüm, das rehbraune Hütchen passte farblich zur Handtasche und den Pumps. *Eine Frau von Geschmack,* dachte er und straffte seinen Rücken. „Darf ich Sie auf einen Kaffee einladen? Ich kenne ein nettes Lokal in der Nähe, wenn Ihnen das recht ist.“ Sie hängte sich bei ihm ein. Durch die Wallensteinstraße spazierten sie zu einer Konditorei, in deren Auslage sich Cremeschnitten, Törtchen und Baisers stapelten. Sie betraten den schattigen Gastgarten. „Leben Sie schon immer in Wien?“, fragte Othmar, nachdem sie an einem Tisch unter einer rotblühenden Kastanie Platz genommen hatten. Helene begann zu erzählen, von ihrer glücklichen, unbeschwerten Kindheit, die mit dem Tod der Eltern jäh geendet hatte. Ihre ältere Schwester hatte sie bei sich aufgenommen. „Und sind

Sie glücklich hier?“ Sie sah ihn nachdenklich an. „Was ist Glück, Herr Othmar? Wenn es Glück bedeutet, ein Dach über dem Kopf und ein sicheres Gehalt zu haben, dann bin ich glücklich.“ Othmar lächelte. „Das hört sich für mich mehr nach Zufriedenheit an.“ „Ich glaube, Zufriedenheit ist die Voraussetzung für Glück.“ Ihre Augen blickten verträumt. Othmar betrachtete sie aufmerksam. Leise fügte sie hinzu: „Ich möchte gern alles Schöne kennenlernen.“ „Was meinen Sie?“ Eine Blüte löste sich von einem Zweig und fiel ihr aufs Haar. „Kennen Sie Heinrich Heine? Er sagt, dass in uns selbst die Sterne unseres Glücks liegen.“ Othmar horchte auf. „Ich habe während meiner Kriegsgefangenschaft in seinem *Buch der Lieder* gelesen.“ In ihre Augen trat ein Leuchten. „Dann wissen Sie, was ich meine! Literatur, Musik, Kunst, das ist eine Welt voller Schönheit. Ich möchte noch so viel lernen. Meine Eltern haben immer gesagt: ‚Was du lernst, kann dir keiner mehr wegnehmen.‘“ Stunde um Stunde verging, während sie sich einander behutsam annäherten. Es begann zu dämmern, und sie merkten nicht, dass sie die letzten Gäste waren. Othmar spürte eine Regung, ein Gefühl, das er nicht gekannt hatte, eine tiefe Zuneigung und Achtung; ihre Lebensphilosophie schien mit seiner in Einklang zu stehen. Gleichzeitig erwachte in ihm der Wunsch, seine Zukunft mit ihr zu teilen. Er wollte sie nicht erschrecken, wusste aber, dass sie der Mensch war, auf den er gewartet, nach dem er sich gesehnt hatte. Mit einer sachten Bewegung entfernte er die Blüte aus ihrem Haar. Er hatte den Eindruck, dass Helene Freude an der Begegnung mit ihm hatte, und wollte nichts sagen oder tun, was diese Freude zerstören konnte. Sie war empfänglich für Schönheit, er würde ihr ein schönes Leben bieten.

„Österreich ist frei!“

Aus dem Röhrenradio im Wohnzimmer tönte die Stimme des österreichischen Außenministers Leopold Figl. Helene hatte den einjährigen Viktor auf dem Schoß.

Österreich ist frei! Nach der Herrschaft der Nationalsozialisten, dem Ende des Zweiten Weltkrieges und der darauffolgenden Besatzungszeit war Österreich endlich ein unabhängiger, demokratischer Staat geworden.

Der Staatsvertrag, die Geburtsurkunde des neuen Österreich, wurde am 15.Mai 1955 im Marmorsaal des Schlosses Belvedere unterzeichnet. Am Morgen des Tages, der für die Kinder schulfrei gegeben wurde, standen Menschen auf den Zufahrtsstraßen und warteten auf die Einfahrt der Delegationen. Als der österreichische Außenminister gemeinsam mit den Vertretern der Alliierten den unterschriebenen Vertrag auf dem Balkon des Schlosses präsentierte, begannen die Menschen, die sich im Schlosspark versammelt hatten, zu jubeln.

Sie schwangen rot-weiß-rote Fähnchen, weiße Taschentücher, lachten und weinten durcheinander, Fremde umarmten sich. Am nächsten Tag gab es in den Kinos einen Spezialbericht der Austria-Wochenschau.

Othmar hatte Helene beharrlich und mit ausgesuchter Höflichkeit und Aufmerksamkeit umworben, niemals bedrängt, sie aber auch nie im Unklaren darüber gelassen, welches Ziel er verfolgte. Im Café Landtmann hatte sie seinen Freund Elias kennengelernt. Als sie kurz mit ihm allein war, sagte er zu ihr: „Er ist einer der Besten, das haben Sie sicher schon erkannt. Er hat eine Menge zu bieten, in jeder Hinsicht.“ Sein bohrender Blick weckte ihren Stolz. „Ich habe auch etwas zu bieten“, gab sie ihm zur Antwort, worauf Elias lächelte.

Sie erinnerte sich an den Appell des Wiener Bürgermeister Franz Jonas im Dezember 1952, Kindern kein Kriegsspielzeug auf den Gabentisch zu legen. Othmar hatte heftig darauf reagiert. „Würdest *du* unseren Kindern so etwas Verblödetes kaufen?“ Zu Weihnachten schenkte er ihr Heinrich Heines Werke in sechs Bänden, eine kostbare Ausgabe aus dem Jahr 1884; die Bücher waren in rotes Leinen mit Goldprägung gebunden und von Wiener Künstlern illustriert.

Im Frühling 1953 überraschte er sie mit der Mitteilung: „Ich habe eine passende Wohnung für uns gefunden!" Sie befand sich in einem Jugendstilhaus im achtzehnten Bezirk; die steile Gasse endete in einer Stiege zum Cottageviertel, wo die Straßen voller Bäume und Grünflächen waren, gesäumt von Villen und Palais. Ganz in der Nähe lag der Türkenschanzpark. Othmar suchte Helenes Blick und bemerkte den Glanz in ihren Augen. „Gefällt es dir hier?" Sie nickte nur. Einige Tage später führte er sie in den Volksgarten. Die Rosen standen in voller Blüte und verbreiteten einen zarten Duft. Er zahlte das Sesselgeld, und als er sie fragte, ob sie seine Frau werden wollte, war ihre Entscheidung längst gefallen.

Anfang Juli fand die Hochzeit statt. Während Helene mit den Tränen kämpfte, strahlte Othmar über das ganze Gesicht. Der Pfarrer beendete seine Predigt mit den Worten, sie seien

im Hafen der Ehe angekommen. *Im Hafen?,* dachte Othmar. *Nein. Unsere Reise beginnt erst.*

Die Mutter war todunglücklich; sie war erkrankt war und konnte nicht nach Wien kommen. Frieda war am Hof der Tante nicht abkömmlich und Gerti mit ihrem zweiten Kind schwanger. Ridi und Heinrich nahmen die beschwerliche Reise aus der Steiermark auf sich, nicht nur, um Othmars zukünftige Frau kennenzulernen. Sie waren Trauzeugen. „Vielleicht könnt ihr ein, zwei Tage in Wien bleiben", hatte Othmar geschrieben, „wir würden uns sehr freuen!"

Sie stiegen am Schwedenplatz aus der Straßenbahn und sahen einen jungen Mann, er hielt die Arme verschränkt und lächelte ihnen zu. Sie erkannten ihn nicht, bis er auf sie zukam. Heinrich stutzte. „Elias?" „Ja, der bin ich!" „Als ich dich das letzte Mal gesehen habe …" „War ich noch ein Schulbub, ich weiß", unterbrach er ihn und lüftete seinen Hut. „Willkommen in Wien!" Heinrich musterte ihn bewundernd. „Du schaust richtig vornehm aus!" Mit einer energischen Geste nahm Elias Ridi den Koffer aus Hand. Leise sagte sie: „Schön, dich wiederzusehen." Dabei kam Wärme in ihren Blick. Er sah ihr in die Augen und nickte. „Ihr werdet bei mir wohnen. Es ist nicht weit von hier." Er führte sie zur Schwedenbrücke. „Ist das die Donau?", wollte Ridi wissen und deutete auf den Fluss, den sie überquerten. „Nein, der Donaukanal." „Und wieso heißt die Brücke Schwedenbrücke?" „Aus demselben Grund wie der Schwedenplatz. Die Schweden haben den Wienern nach dem Ersten Weltkrieg unter die Arme gegriffen." „Was du alles weißt!" „Na, wenn ich schon da lebe…"

Am Tag nach der Hochzeit gingen sie in den Volksprater, Helene und Ridi wünschten sich eine Fahrt mit dem Riesenrad. Während sie ihren Blick über Wien schweifen ließen, sagte Ridi: „Der Othmar ist ein ganz eigener Mensch. Er sieht die Welt nicht, wie sie ist, sondern wie er sie sehen will. Er ist so gutmütig." Ein zärtlicher Unterton lag in Helenes Stimme, als sie antwortete: „Er macht anderen so gern Freude. Er ist ein richtiger Menschenfreund." Sie hielt kurz inne. „Ich bin da ganz anders. Mir machen die meisten Menschen Angst." Dann fügte sie leise hinzu: „Sein Herz ist aus

Gold.“ Ridi sah sie prüfend an, dann meinte sie: „Ich glaube, ihr beide habt euch gesucht und gefunden.“
Im Herbst entdeckte Helene, dass sie schwanger war. Othmar war außer sich vor Freude und schenkte ihr ein Armband, an dem ein kleiner Dukaten hing. Seine Großzügigkeit rührte sie. „War das nicht schrecklich teuer?“ „Aber nein“, antwortete er nur. Sie trug es das erste Mal, als sie im November zur Film-Premiere von *Gegenspionage* mit Gary Cooper ins Flottenkino gingen. Bevor die Vorstellung begann, wurden Zettel mit der Frage *Wünschen Sie die Vorführung einer Modeschau?* verteilt. Helene flüsterte Othmar zu: „Ich bin dafür!“ Er lachte. „Das habe ich mir gedacht!“ Einige Wochen später wurde im Gartenbaukino vor Filmbeginn eine Kurz-Modeschau abgehalten, ein Conférencier kommentierte die Modelle. Helene betrachtete aufmerksam die Damen in ihren Cocktailkleidern, Othmar machte große Augen, als ein Bikini vorgeführt wurde. „Schamlos!“, vernahmen sie hinter sich. Sie sahen sich in die Augen und verbissen sich das Lachen.

In den Weihnachtsfeiertagen luden sie Herrn Rosen ein. Er kam mit dem Taxi und hielt etwas in seinen Händen. „Für das junge Paar!“, sagte er mit einem feinen Lächeln. Es war das Bild von Caspar David Friedrich, *Der Wanderer über dem Nebelmeer*. „Es hat meiner Frau und mir immer viel Freude bereitet - ich habe beschlossen, es euch zu schenken. Möget ihr so glücklich werden, wie wir es waren.“ Er blickte Othmar mit seinen scharfsichtigen Augen an. „Ihr werdet gute und schlechte Zeiten haben, mein lieber Junge. Aber ich sage immer, *bist du hungrig, so singe, schmerzt dich etwas, so lache*. Ein Motto, das ich euch mitgeben möchte.“ Dann wandte er sich an Helene. „Othmar hat mir erzählt, dass Sie gerne lesen. Ich habe Ihnen ein Buch von meinem Lieblingsschriftsteller mitgebracht.“ Es war von Thomas Mann, *Die Buddenbrooks*. „Haben Sie gewusst, Frau Helene, dass Thomas Mann und seine Frau vor einem Jahr in Wien bei Bürgermeister Jonas zu Besuch waren? Er hat betont, dass ihm der soziale Charakter der Bauwerke in Wien aufgefallen ist. In den deutschen Städten werden fast nur Geschäftshäuser errichtet. Ja, es ist schon fein, in Wien zu leben."

In der Nacht lagen sie eng aneinandergeschmiegt im Bett, Othmars Hand ruhte auf Helenes Bauch. „Der Herr Rosen ist ein sehr feiner Mensch. Wie heißt er eigentlich mit Vornamen?", wollte Helene wissen. „Er heißt Viktor. Wieso?" Sie legte ihre Hand auf die seine. „Wenn wir einen Buben bekommen, würde dir *Viktor* gefallen?"

Im März 1954 kam Viktor András Matthias Berger zur Welt. Helene hätte ihn gern im Arm gehalten, aber er wurde sofort nach seiner Geburt von der Hebamme in das Kinderzimmer gebracht, wo ein Gitterbettchen neben dem anderen stand. Othmar durfte seinem kleinen Sohn durch eine Glasscheibe zuwinken und dies ausschließlich zu den Besuchszeiten, die von den Schwestern streng kontrolliert wurden. Der Name des Neugeborenen musste gleich bekannt gegeben werden. Helene und Othmar waren sich vor der Entbindung einig gewesen, ein Sohn sollte die Vornamen von Herrn

Rosen, Helenes und Othmars Vater bekommen. Als die Hebamme ihn Helene zum Stillen brachte, strich sie ihm sanft über sein Köpfchen und sagte: „Du bist also ein Sieger, junger Mann!“ Der kleine Viktor gähnte nur herzhaft, bevor Helene ihn an sich drückte. Als sie mit ihm eine Woche später das Spital verließ, bekam sie ein Wäschepaket; darin waren eine Decke, zwei Jäckchen, ein Hemdchen, drei Windeln, eine Kautschukeinlage, ein Häubchen, ein Paar Strümpfe, eine Bauchbinde und Sicherheitsnadeln. Daheim befreite sie ihn aus dem Wickelpolster, in den er geschnürt war und legte ihn in den Kinderwagen. Er war aus Korbgeflecht und hatte ein verschiebbares Verdeck. „Dann kann Ihr Kind, wenn es größer ist, auch darin sitzen!“, hatte der Verkäufer versichert. Sie besuchte den Bäcker und die Milchfrau, die Viktor gebührend bewunderten. Aber keiner bewunderte ihn mehr als sein eigener Vater, als er spätabends von seinem Dienst heimkam. Auf Zehenspitzen schlich er sich an die Wiege und betrachtete ihn mit Zärtlichkeit. „Willst du seinen Schlaf bewachen?“, fragte Helene lächelnd. Othmar antwortete nicht darauf, er fand keine Worte.

Immer noch saß sie mit Viktor im Wohnzimmer. Im Radio wurde die Bundeshymne gespielt, Häuser und Fenster waren auf Aufforderung des Bürgermeisters mit Fahnen und Blumen geschmückt. Den kleinen Viktor interessierte das Radio mehr als das Weltgeschehen. Es hatte über tausend Schilling gekostet. Das Holzgehäuse war mit einem goldfarbenem Zierstreifen versehen, die Bespannung der Lautsprecher in einen Messingrahmen eingefasst. Es hatte fünf weiße Stationstasten und zwei runde Regler für Lautstärke und Klangfarbe. Die Pegelanzeige, das *magische Auge,* leuchtete in Grün. Mit seinem dicken Zeigefinger zeigte Viktor darauf hin. Er trug das Hemdchen, das „Onkel Frank aus Amerika“ geschickt hatte, seine Briefe kamen regelmäßig. Im Geheimen hoffte Othmar auf ein Wiedersehen mit Frank - er träumte davon, ihm Wien zu zeigen.

Er war mittlerweile zum Chef de Rang aufgestiegen, während sich Helene um den Haushalt und das Kind kümmerte. An den Nachmittagen ging sie mit Viktor in den Türkenschanzpark, wo Kronenkraniche, Pfaue und ein Rehpaar die Blicke der umherspazierenden Leute auf sich zogen. Wenn Viktor eingeschlafen war, stellte sie den Kinderwagen an einen ruhigen Platz und nahm ein Buch zur Hand.

Sie war in ein Gedicht vertieft, als sie jemand aus den Gedanken riss.

„Was lesen Sie denn da?“ Eine ältere Frau hatte sich zu ihr gesetzt. „*Die Waldeinsamkeit,* von Heinrich Heine.“ Die Frau hob erstaunt die Augenbrauen. „Diesen deutschfeindlichen Juden?“ Helene warf ihr einen Blick zu, ohne etwas zu erwidern. Sie machte sich auf den Heimweg.

Abends erzählte sie Othmar von der Begegnung. „Eine bedauernswerte Person“, meinte er.

„Bedauernswert? Das ist alles, was du dazu sagst?“ Er zuckte die Achseln. „Manche Menschen ändern sich nie. Du darfst dir nicht zu viel erwarten.“ „Mir sind die meisten Menschen unheimlich. Ich kann mich nicht für sie erwärmen." Othmar grinste. „Das musst du ja nicht. Hauptsache, du kannst dich für *mich* erwärmen."

Im Juli 1955 kehrten die letzten Kriegsgefangenen aus der UdSSR heim. Othmar hörte im Restaurant, dass die Rückkehr der Männer für viele Familien nicht nur Freude über das Ende der Ungewissheit bedeutete. Die Heimkehrer waren von den Kriegserlebnissen und den Erfahrungen während der Gefangenschaft traumatisiert. Othmar war klar, dass sie dieses Trauma in die Familie hineintrugen, aber nicht darüber sprachen. Er wusste es von sich selbst. Verdrängen und verschweigen, das war auch seine Art, mit bösen Erinnerungen umzugehen. Sogar Helene gegenüber erwähnte er kein Wort.

Im September kam die Mutter zu Besuch. Als sie Viktor in die Arme nahm, griffen seine Hände nach dem schmalen Kettchen mit dem Kreuz, das sie um ihren Hals trug. „Du bist also der kleine Othmar!" Helene widersprach mit einem leisen Lächeln. „Nein, das ist unser Viktor!“ „Ich weiß, verzeih, Helene. Der Vater hätte seine Freude mit ihm gehabt. In dem Kleinen fließt etwas von seinem Blut. Er war viel feinfühliger, als die anderen gewusst haben, er hat es nur nicht gezeigt. Mit den Jahren hat sich ein Panzer um seinen Körper gelegt, der immer dicker geworden ist. Am Schluss hat er sich nicht mehr gebraucht gefühlt, das hat ihm wehgetan.“ Othmar fragte sie, ob sie nach Wien ziehen wollte. „Einen alten Baum soll man nicht verpflanzen“, war ihre Antwort. Auf seinen besorgten Blick hin fügte sie hinzu: „Die Ridi lebt ja bei mir und kümmert sich um alles. Weißt du, Bub, das Leben in der Stadt ist nicht meines. Hauptsache, euch geht es gut.“ Ein paar Tage später fuhr sie zurück, Helene bemerkte Othmars nachdenklichen Blick. „Du musst sie verstehen. Die Steiermark ist ihre Heimat. Sie hat dort all ihre Erinnerungen.“ Als Othmar am nächsten Tag in der Straßenbahn saß, befiel ihn Schwermut. Er spürte eine Kälte in sich aufsteigen, die sich auf seine Brust legte, ein Ziehen in der Herzgegend. Unwillkürlich musste er an seinen Bruder Alois denken. Er betrachtete die Menschen, die an ihm vorübergingen, hörte Kinder lachen, in nichts unterschied sich der Tag von anderen Tagen. Er stieg aus und ging mit eiligen Schritten zum Restaurant.

Tausende Wienerinnen und Wiener säumten die Ringstraße, als am 14.Oktober das wiederaufgebaute Burgtheater mit Mozarts *Kleiner Nachtmusik* eröffnet wurde. Am Tag darauf folgte Grillparzers *König Ottokars Glück und Ende.* Einige von Othmars Gästen waren dabei anwesend und erzählten, dass im Theater nicht geheizt war. Nicht nur die Besucher hatten Mäntel an, sondern auch die Schauspieler, da es an Kostümen fehlte.

Am 5.November 1955 wurde mit einer Festaufführung der Oper *Fidelio* die Wiedereröffnung der Wiener Staatsoper gefeiert. Othmar und Helene saßen am Radio und lauschten andächtig der Musik. Die Aufführung wurde auch im neuen Medium Fernsehen übertragen, das im Sommer zuvor mit Versuchsprogrammen begonnen hatte. Die erste Nachrichtensendung, *Bild des Tages,* war ein dokumentiertes Pressebild und wurde im September zu einer Wochenschau umgestaltet. Am Ende des Jahres erhielt sie den Namen *Zeit im Bild.*

Elias besaß ein Fernsehgerät und erzählte im Dezember, dass sich in Alabama eine Afroamerikanerin geweigert hatte, ihren Sitzplatz im Bus für einen männlichen weißen Fahrgast zu räumen. Sie wurde verhaftet. „Wie kann man einer Frau, die müde von der Arbeit ist, den Sitzplatz verwehren? Wieso wird sie verhaftet?“ Aus Helenes Worten sprach Empörung. „In Amerika gibt es eine Rassentrennung“, erklärte Elias. „Was heißt das?“ „Schwarze dürfen in Lokalen nicht auf dieselben Toiletten wie Weiße, sofern man sie überhaupt ins Lokal hineinlässt. In Autobussen dürfen sie nur im hinteren Bereich sitzen.“ „Und keiner lehnt sich dagegen auf?“ „Doch. Ein junger schwarzer Prediger aus Georgia. Ich denke, wir werden noch einiges von ihm hören.“ Helene beobachtete Viktor, der mit Othmar auf einer Decke auf dem Boden saß und mit seinen Holzbausteinen beschäftigt war. „Ich werde die Menschen nie verstehen“, sagte sie leise. „Sei nicht zu enttäuscht“, meinte Elias. „Nirgends läuft alles perfekt. Auch nicht bei uns. Wir richten unseren Blick nur in die Zukunft.“ Und er fügte hinzu: „Lieber vergessen als erinnern.“ Helene hörte deutlich den zynischen Unterton in seiner Stimme.

Am „silbernen Sonntag“, dem vorletzten Sonntag vor Weihnachten, fuhr Othmar auf die Mariahilfer Straße. Die Geschäfte waren geöffnet, und obwohl es in Strömen regnete, herrschte reger Betrieb. Im Kaufhaus Gerngross entdeckte er einen Teddybären aus hellbraunem Mohair, er hatte ein freundliches Gesicht, glänzende Augen und eine schwarze Nase. In seinem linken Ohr steckte ein goldener Knopf. Als Othmar sich bei einer Verkäuferin nach dem Preis erkundigte, machte er große Augen. „So teuer?“ „Aber gnädiger Herr, das ist doch ein Steiff-Bär! Beste Qualität! Der wird Ihr Kind ein Leben lang begleiten!“ „Glauben Sie, dass mein Sohn mit vierzehn noch damit spielen wird?“ Die Verkäuferin lachte. „Schauen Sie, so ein Bär ist ein treuer Gefährte. Bestimmt wird er das Herz von Ihrem Sohn erobern!“ Othmar seufzte und ließ ihn einpacken. Als Helene daheim die Rechnung sah, atmete sie hörbar ein. „Othmar! Der hat ja ein Vermögen gekostet!“ „Aber das ist ein Steiff-Bär! Er wird Viktor ein Leben lang begleiten!“ Sie schüttelte den Kopf. „Und du meinst, er wird mit vierzehn noch mit einem Teddybären spielen?“ Ein Grinsen zog über sein Gesicht. Er nahm sie in seine Arme. „Das letzte Hemd hat keine Taschen. Und wenn wir ein einmal ein zweites Kind bekommen, kann es auch mit dem Bären spielen.“ „Glaubst du, dass der Bär so lang halten wird?“ „Sicher! Ist doch beste Qualität!“

In den Jahren nach Viktors Geburt kam Herr Rosen oft zu Besuch, er wurde von Viktor nur mehr *Rosen-Opi* genannt. Herr Rosen erzählte ihm Geschichten aus seinem Leben und las ihm aus dem Märchenbuch vor, das er ihm geschenkt hatte. „Weißt du, Bubi, das Leben ist kompliziert“, pflegte er zu sagen, wenn Viktor sich über eine Ungerechtigkeit ärgerte.
Er schien alles zu wissen und beantwortete geduldig Frage um Frage. Besonders gern mochte Viktor die gemeinsamen Besuche im Tiergarten Schönbrunn, es zog ihn in das neu eröffnete Aquarien- und Terrarienhaus. Danach führte ihn Herr Rosen in das Restaurant im Kaiserpavillon. Viktor bestaunte die Ölbilder, Fresken und Spiegel, bis der Kellner ihm ein Stück Sachertorte und ein Himbeerkracherl servierte, dieses wundervolle Getränk, das die Zunge rötlich färbte. „Warum heißt es *Kracherl*?“, wollte er von Herrn Rosen wissen. „Schau, Bubi, der Verschluss ist eine Glaskugel, die durch den Druck der Kohlensäure nach oben in den Flaschenhals gepresst wird. Wenn du die Kugel hineindrückst, dann kracht es!“ Was Kohlensäure war,

interessierte Viktor nicht mehr, er war bereits in den Genuss der Torte vertieft.

Manchmal, wenn die Eltern ins Kino gingen, kam Herr Rosen auch abends. Bis dahin hatten sie die Filmvorführungen getrennt besucht und danach ihre Eindrücke ausgetauscht.

In Wien gab es mehr als zweihundert Kinos. Die meisten Menschen suchten sie nicht nur auf, um „einen Film zu schauen“, sondern um die Vergangenheit zu vergessen und sich in eine heile Welt versetzen zu lassen. Das Kino war ein Ort der Magie. Wenn es finster wurde und der Vorhang sich öffnete, ging man aus dem eigenen Leben hinaus und tauchte in ein anderes ein. Die Säle der großen Kinos waren asymmetrisch geschwungen, die Wände mit gefaltetem Stoff bespannt, die Sitze wie im Theater rot gepolstert. Allein die Werbefilme sorgten für Unterhaltung. Der Zigarettenhersteller Camel warb mit dem Slogan *Ärzte rauchen mehr Camel-Zigaretten als alle andere Marken*, während Zigaretten der Marke HB mit *HB Rauchen heißt frohen Herzens genießen* angepriesen wurden.

Steinhäger Wacholderschnaps sollte dem Körper guttun, der Schokoriegel Mars verlorene Energie ersetzen. In musikalischem Rahmen versprachen adrette junge Herren *Ob du singst im Männerchore, ob mit Damenchor gemischt, ob am Brunnen vor dem Tore, Coca-Cola, das erfrischt.* Und um der Hausfrau, die hübsch geschminkt hinter dem Herd stand, das Leben zu erleichtern, wurden Staubsauger, Wasch- und Geschirrspülmaschinen vorgeführt.

Der Krieg hatte Spuren hinterlassen: Die ältere Generation wollte dorthin zurück, wo sie vorher gewesen war, die jüngere war in Aufbruchsstimmung. Das Filmangebot war groß.

Othmar und Helene sahen die junge Romy Schneider als österreichische Kaiserin Sissi, Audrey Hepburn als Sabrina, Grace Kelly in *Die oberen Zehntausend.* Helene schluchzte bei *Die große Liebe meines Lebens* und lachte Tränen bei *Don Camillo und Peppone*.

Nach der Vorführung von *Die Faust im Nacken* bemerkte sie, dass Othmar tief ergriffen war. Er war ungewöhnlich schweigsam. „Woran denkst du?“, fragte sie. „An diesen Satz - *Gewissen. Sowas kann dich verrückt machen"*. Er warf einen Blick auf das Programmheft. „Kazan. Elia Kazan." „Wer ist das?" „Der Regisseur. Den werde ich mir merken."

Mitte September sahen sie *Jenseits von Eden.* Es war der letzte Film des jungen James Dean.

Zwei Wochen später hörten sie im Radio von seinem tödlichen Unfall. Frank schrieb aus Amerika von der großen Anteilnahme an seinem Tod. Er wurde verehrt wie ein Held. Wenn Helene und Othmar abends ausgingen, sahen sie junge Männer, die sich nach seinem Kleidungsstil richteten, in Jeans und Lederjacken, die Hemdkrägen weit nach oben gestellt. Die Jeans galten als Arbeiterhosen und waren bei der älteren Generation verpönt. Helene gefiel die Art, wie die jungen Männer sich anzogen. Sie verstand nicht, warum sie abfällig als *Halbstarke* oder *Schlurfe* bezeichnet wurden.

Als der amerikanische Musiker Bill Haley 1954 mit *Rock around the clock* einen internationalen Erfolg landete, kam der Rock'n'Roll nach Österreich. Lief

Haleys Musik im Radio, begann Othmar, sich im Takt dazu zu bewegen, und pfiff vergnügt vor sich hin.
Er ging auf die dreißig zu und zog das erste Mal in seinem Leben Bilanz. Es war eine feine Zeit, die Zeit des Wiedererwachens nach dem Krieg, eine neue Bewusstheit schärfte seine Wahrnehmungen. Aus seiner Sicht hatte er viel erreicht. Er hatte eine Frau, ein Kind, einen Beruf, ein schönes Heim. Oberhaupt und Ernährer der Familie zu sein sah er als seine Lebensaufgabe, die ihn mit Stolz erfüllte. Seine Familie entsprach dem Bild einer Idylle, die in den 1950er-Jahren heraufbeschworen wurde, der Idylle einer heilen Welt, in der alles in Ordnung schien.
Im Sommer 1957 fuhr Helene mit dem dreijährigen Viktor eine Woche auf Sommerfrische ins Kamptal, Othmar kam am Wochenende nach. Es war ihr erster Urlaub. Sie hatten ein kleines Zimmer in einem Gasthof gemietet. Die Einrichtung war einfach und sauber, an den Fenstern hingen blauweiß karierte Vorhänge, auf dem Tisch stand ein Krug mit Wiesenblumen. Für die morgendliche Wäsche gab es eine Waschschüssel

mit warmem Wasser, unter dem Bett befand sich ein Nachttopf aus Porzellan.

In der Gaststube hing ein Plakat, auf dem zwei lächelnde, pausbäckige Kinder in einer herzförmig eingerahmten Blumenwiese abgebildet waren, darunter stand in roten Buchstaben *Österreich erwartet Sie*.

Helene kaufte Postkarten mit Ansichten der Umgebung und schrieb Urlaubsgrüße.

Die Wirtin, stets im Dirndlkleid, war eine resche Person, die den Eindruck vermittelte, als hielte sie die Frauen aus der Stadt für anrüchig, da sie während der Woche „frei“ von ihren Männern waren. Ihr Ton war freundlich, aber knapp - sie verbarg nicht, dass sie keine Freundin vieler Worte war. Wollte ein Gast sie in ein Gespräch verwickeln, verschwand sie schnell in die Küche. Nur bei Viktor verhielt sie sich anders, von Zeit zu Zeit nahm sie ihn auf den Arm und herzte ihn.

Als Othmar nach seinem Wochenende im Kamptal ins Restaurant kam, wurde er scherzhaft als „Sommerfrischler“ begrüßt. Einer von seinen Arbeitskollegen hatte mit seiner Frau ein paar Tage in Caorle verbracht und schwärmte von dem langen, feinen Sandstrand.

Eine Erinnerung erwachte in Othmar. *Das Meer, schwarz vor Schiffen. Das Meer, rot vor Blut.*

Er hasste das Meer. Um nichts in der Welt wäre er hingefahren. Auch mit dem Flugzeug zu fliegen, lag nicht in seiner Absicht. 1957 war die österreichische Luftfahrt Austrian Airlines gegründet worden. Othmar war davon überzeugt, Fliegen sei etwas, das sich nur Reiche, wie Filmstars, Politiker und Geschäftsleute leisten konnten - diejenigen, für die Geld keine Rolle spielte. Es interessierte ihn nicht, der feste Boden unter seinen Füßen war ihm lieber.

Die 1960er-Jahre brachten Veränderungen mit sich, die vielen ein Dorn im Auge waren. Die junge Generation lehnte sich bewusst gegen die alten Traditionen auf. Wenn Othmar durch die Innenstadt ging, sah er Mädchen in Miniröcken und bemerkte die missbilligenden Blicke der älteren Herrschaften. Obwohl der Minirock von vielen als skandalös und respektlos empfunden wurde, konnte er sich durchsetzen. Er gelangte bis in die USA, wo die Gattin des Präsidenten ihn zu Staatsbesuchen trug. John F. Kennedy war mit 44 Jahren der bis dahin jüngste und erste katholische Präsident der Vereinigten Staaten.

In der Musik spiegelte sich das neue Lebensgefühl ebenso wider. 1960 gründeten vier junge Männer in Liverpool eine Band. Ihre provokanten Texte und neuen Rhythmen erreichten und begeisterten in der Mitte der 60er Jahre auch die Jugend in Österreich. Die vier nannten sich Beatles, kämmten sich ihre Haare in die Stirn und ließen sie rund schneiden, was aussah, als hätten sie einen Pilz auf dem Kopf. Sie erhielten den Namen Pilzköpfe.

Othmar, mittlerweile vierunddreißig Jahre alt, erinnerte sich an die Zeit seiner Einberufung, als er siebzehn gewesen war. An eine Rebellion gegen die Eltern hatte keiner gedacht, man musste an die Front und kämpfen. Wogegen lehnten sich die jungen Leute auf? Er versuchte, sie zu verstehen, doch es fiel ihm schwer. Ging es nicht allen besser als je zuvor?

Am 1.Jänner 1961 wurde die Neujahrsansprache von Bundeskanzler Julius Raab im Radio übertragen.

Unserer Heimat war glücklicherweise eine ruhige und glückliche Entwicklung beschieden. Wir hatten weder schwere Naturkatastrophen noch wirtschaftliche Rückschläge oder irgendwelche außenpolitische Entwicklungen zu verzeichnen. Wir können, im Gegenteil, besonders mit den wirtschaftlichen Fortschritten sehr zufrieden sein. Brachten sie uns doch einen neuen Höchststand an Vollbeschäftigung und damit ein weiteres Ansteigen des Nationaleinkommens.

Othmars Freude war besonders groß, da Helene im Februar desselben Jahres ein Mädchen zur Welt brachte. „Weinen Sie nicht! Wird eben das nächste Kind ein Bub!“, fuhr die Hebamme sie an. „Wir haben doch schon einen Buben! Wir haben so lange auf ein zweites Kind gewartet!“, erwiderte Helene unter Tränen. „Na dann ist ja alles in Ordnung“, knurrte die Hebamme und nahm ihr das Neugeborene ab. Anders als nach Viktors Geburt hieß es nun, Stillen hätte Nachteile, es schade der Figur, Muttermilch enthalte nicht alles, was ein Kind brauche. Helene setzte sich darüber hinweg. Sie hielt nichts von der neuen, gebrauchsfertigen Säuglingsnahrung, die in der Werbung angepriesen wurde; auch das Beruhigungsmittel Contergan, das Schwangeren empfohlen wurde, hatte ihr Misstrauen geweckt.

Herr Rosen schenkte der kleinen Christine Gabriela zur Geburt eine 100-Schilling-Münze in Silber. Er war nun über achtzig Jahre alt und hatte viel an Gewicht verloren. „Ich bin so dünn wie ein Zwirnsfaden!“, sagte er zu Viktor, um ihn zum Lachen zu bringen, aber er machte sich Sorgen um sein Herz. Immer öfter stellte er sich die Frage, ob er auf den Arzt hören sollte, der ihn ermahnte, sich nicht zu überanstrengen. Doch die Besuche bei Othmars Familie wollte er nicht missen; sie machten ihm Freude, die einzige Freude, die ihm geblieben war.

Helene begleitete ihn zum Lehnstuhl im Wohnzimmer und legte ihm Christine in die Arme, sie schlief friedlich. Ihr Anblick rührte ihn. Sie war so klein und zart! *Wie schön wäre es, dich heranwachsen zu sehen - ich werde es wohl nicht mehr erleben …*, dachte er bei sich und spürte, dass er müde wurde. Er seufzte und legte seine Hand vorsichtig auf ihren Arm. Aus der Küche duftete es nach frisch gekochtem Kaffee. Sein Kopf sank auf seine Brust: er hörte Helene sprechen, aber er verstand nicht, was sie sagte.

„Ist der Opi eingeschlafen?“, fragte Viktor leise, als er den Kuchen auf den Tisch stellte. Helene blickte zum Lehnstuhl, dann eilte sie hin, in ihre Augen stiegen Tränen. „Ja, er ist eingeschlafen“, sagte sie mit erstickter Stimme. Viktor trat auf sie zu und strich ihr über den Arm, er hatte seine Mutter noch nie weinen gesehen.

Othmar ging mit ihm in den Park, der Himmel war bedeckt und es schneite. Viktor betrachtete die Spuren, die er im Schnee hinterließ. „Warum müssen Menschen sterben?“ „Der Rosen-Opi war sehr alt. Sein Körper war schon sehr müde.“ „Und wo ist er jetzt?“ „Das weiß niemand genau. Auf jeden Fall tut ihm dort, wo er hingegangen ist, nichts mehr weh." „Und er kommt nicht wieder?" „Nein. Aber ist es nicht fein, dass du ihn gehabt hast?" Viktor dachte kurz nach. „Fürchtet man sich, wenn man stirbt?" Othmar ließ sich mit seiner Antwort ein bisschen Zeit. „Ich bin noch nie gestorben, also weiß ich es nicht." „Ich will nicht, dass du stirbst. Und die Mama darf auch nicht sterben." „Da musst du dir keine Sorgen machen. Wir leben noch lang." In einiger Entfernung stand ein Vogelhäuschen, das von Meisen umschwirrt wurde. „Wer ist als Erster dort?" Er lief los und ließ sich von Viktor überholen. Die Meisen stoben in die Höhe. „Tut mir leid, ich wollte euch nicht erschrecken", sagte Viktor und wich ein paar Schritte zurück. Fragend sah er seinen Vater an. „Fährst du einmal mit mir in den Tiergarten?" „Das machen wir. Sollen wir Mama und Christine auch mitnehmen?" Viktor kämpfte mit sich. „Ich möchte lieber mit dir *allein* hinfahren." Othmar zwinkerte ihm zu. „Du hast recht. Männer gehören zusammen."

Zu seinem dreißigsten Geburtstag hatte ihm Elias einen Schallplattenspieler geschenkt. In einem Musikaliengeschäft auf der Währinger Straße gab es die neuen Vinylschallplatten zu kaufen, sie waren weniger empfindlich und preisgünstiger als Schellackplatten. Herr Rosen hatte die Musik von Mozart geliebt und Helene eine Aufnahme mit dem Klavierkonzert in d-Moll geschenkt. Sie hörten es am Abend nach seinem Tod, ein rotes Grablicht brannte im Fenster.

Als Elias am nächsten Tag zu ihnen kam, sagte Helene: „Weißt du, er hat so schön und friedlich ausgesehen, wie er mit der Kleinen im Stuhl gesessen ist.“ Elias nickte ihr zu. „Ich bin ihm nicht oft begegnet, aber er hat großen Eindruck auf mich gemacht. Bei Menschen wie ihm wünscht man sich, dass sie ewig leben, aber ich kann mir kein glücklicheres Ende als das seine vorstellen. So würde ich auch gern ...“ Viktor unterbrach ihn mit einer Frage. „Liest du mir etwas vor? Das hat der Rosen-Opi immer gemacht!“ Elias‘ Gesicht verzog sich zu einem Grinsen. „Welche willst du denn hören?“ „Die von dem Donauweibchen. Auf der Seite

62.“ „So weit kannst du schon zählen? Bist ein tüchtiger Junge!“ Er schlug die Seite auf und begann. „*Das Donauweibchen. Als Wien noch ein kleines Städtchen war, standen am Ufer der Donau viele Fischerhütten. Die Leute lebten fast nur von dem, was ihnen der Strom schenkte...*“

Viktor war ein unaufgeregtes, zufriedenes, manierliches Kind. Kaum je hörte er seine Eltern mit zorniger Stimme sprechen und war der Meinung, die Welt sei ein Ort der Eintracht, den es zu erforschen galt. Hinter der Kirche, in der er jeden Sonntag den Gottesdienst besuchte und dem Geistlichen als Ministrant assistierte, befand sich ein steiler Weg, auf dem er mit seinem Schulfreund Staudämme baute, wenn es geregnet hatte. Gemeinsam beobachteten sie, wie das glitzernde Wasser sich seinen Weg bahnte. Von der Mutprobe, der sie sich stellten, durften ihre Mütter nichts wissen. In der Nähe des Parks schlichen sie sich in einen Tunnel; die Dampflokomotive kündigte sich mit einem lauten Pfeifsignal an und rauschte qualmend an ihnen vorbei. Triumphierend, mit Rußflecken im Gesicht, gratulierten sie einander.

Es war die Zeit, in der der Kalte Krieg zwischen den Vereinigten Staaten und der Sowjetunion das Weltgeschehen beherrschte. Anfang Juni 1961 trafen sich der amerikanische Präsident und der sowjetische Ministerpräsident in Wien. Kennedys Ankunft am Flughafen wurde im Radio übertragen. Als er erzählte, dass er vor einundzwanzig Jahren einige Tage in Österreich verbracht hatte und sich freute, wieder hier zu sein, brach Jubel unter den Schaulustigen aus.

Helene bewunderte Präsident Kennedy und verfolgte aufmerksam die Presseberichte. Othmar zog sie gelegentlich damit auf, sie sei in ihn verliebt, und jedes Mal ärgerte sie sich darüber. Aber Othmar hatte seinen Spaß daran.

Im November 1963, er saß mit Helene im Wohnzimmer, kam die Nachricht von seinem Tod.

Hier ist der österreichische Rundfunk mit allen seinen Sendern. Aus Dallas in Texas erreicht uns soeben die erschütternde Nachricht: Der amerikanische Präsident Kennedy ist tot. Er wurde in Dallas von einem Attentäter erschossen. Der Präsident fuhr in einem offenen Wagen zusammen mit dem Gouverneur von Texas durch die Straßen der Stadt, als plötzlich aus automatischen Waffen eine Salve auf den Präsidentenwagen abgegeben wurde.

Helene legte die Hand auf die Brust; sie war nicht fähig zu sprechen. Othmar biss sich auf die Lippen. „Das darf nicht wahr sein", sagte er tonlos.
Sie vernahmen Stimmen am Gang, einige der Nachbarn waren zusammengekommen. „Da stecken sicher die Russen dahinter!" „Jetzt wird ein Krieg ausbrechen." „Was hat das für einen Sinn gehabt?" Sie schüttelten den Kopf, in ihren Gesichtern lagen Furcht und Entsetzen. Die Tochter des Hausbesorgers weinte, ihr Vater legte wortlos den Arm um sie und klopfte ihr beruhigend auf die Schulter.
Othmar schlief schlecht in der Nacht. Es kam ihm vor, als sähe er in die Vergangenheit.

Seine Gedanken kehrten zurück in den Krieg, an die Front, er konnte die Bilder nicht vergessen, hörte die Rufe der sterbenden Soldaten. Es wäre eine Erleichterung gewesen, jemandem davon zu erzählen, aber es wurde nicht darüber gesprochen. Der Krieg und seine Schrecken schienen nicht mehr zu existieren, als hätte es sie nie gegeben. Othmar dachte darüber nach, ob man vergessen konnte, wovon man nichts mehr wissen wollte. Er versuchte es, aber es gelang ihm nicht.

Leise stand er auf, schlich sich in Viktors Zimmer und betrachtete sein Gesicht, es war friedlich. Auf dem Nachtkästchen stand der Sparefroh. Viktor hatte auf sein Sparbuch fünf Schilling eingezahlt und die kleine Gummifigur dafür geschenkt bekommen, auf die er sehr stolz war. Das Buch *Das fliegende Klassenzimmer*, das er sich aus der Bücherei ausgeliehen hatte, lag daneben. Um ihn nicht zu wecken, ging Othmar in die Küche und drehte das Licht auf. Er schlug das Buch an der Stelle auf, an der ein Lesezeichen eingelegt war.

„Wie kann ein Erwachsener seine Jugend nur so vollkommen vergessen, dass er eines Tages überhaupt nicht mehr weiß, wie traurig und unglücklich Kinder bisweilen sein können. Es ist nämlich gleichgültig, ob man wegen einer zerbrochenen Puppe weint oder weil man, später einmal, einen Freund verliert."

Plötzlich sah er sich, wie er als kleiner Junge um Alois geweint hatte. Wie gern hätte er sich damals an jemanden angelehnt, um seinen Kummer zu betäuben. Keiner hatte verstanden, was in ihm vorgegangen war; niemand hatte sich um ihn gekümmert. Dann musste er an Elias denken. Er hatte ihn nicht verloren, das Schicksal hatte sie wieder zusammengeführt und dafür war er dankbar. Allmählich wurde ihm leichter. Als er wieder im Bett lag, hörte er Helenes ruhige Atemzüge.

DIE GLÜCKLICHSTE ZEIT

Die nächsten Jahre vergingen Othmar wie im Flug. Es gab nichts, das er hätte ändern wollen: Das Leben erschien ihm wie in ein Licht getaucht, in dem es kaum Schatten gab. Helene war mit den Jahren noch schöner geworden - man sah ihr an, dass sie glücklich war. Die Kinder lernten gut und machten ihm viel Freude. Sie sollten alles haben, was er als kleiner Junge entbehren musste, und er beschenkte sie großzügig. Das Sparkonto wuchs und vermittelte ihm das Gefühl von Sicherheit.

Kurz nachdem er im Jahr 1963 seinen Führerschein gemacht hatte, legte er sich einen silbergrauen Ford zu. Auf die Hutablage stellte er den Wackelhund, den ihm ein Arbeitskollege geschenkt hatte, und auf dem Armaturenbrett prangte ein schwarzes Magnetschild, in goldenen Buchstaben war zu lesen *Komm gut heim.* Er hatte es von Helene bekommen. Wenn dann und wann sein Blick darauf fiel, huschte ein Lächeln über sein Gesicht.

Christine, die sich wie er mit fünf Jahren das Lesen selbst beigebracht hatte, begeisterte sich für Bücher und Helene kam kaum nach, ihr neue zu besorgen. Sie kannte ihre sensible, unstete Tochter und regte sie dazu an, das Klavierspiel zu lernen: Es übte eine beruhigende Wirkung auf sie aus. Wenn sie am Instrument saß, drehte sich nicht mehr alles in ihrem Kopf, beharrlich übte sie, als ginge es darum, eine neue Sprache zu entziffern.

Im Herbst 1967 begann Christine mit der Schule. Kam Othmar abends früher heim, erzählte sie ihm aufgeregt, was sie gelernt hatte. Von Zeit zu Zeit brachte er ihr Süßigkeiten mit, besonders gern mochte sie die feinen Waffeln mit Haselnusscreme, die in einer Fabrik, die ganz in der Nähe lag, erzeugt wurden. An manchen Tagen zog sich ein Duft von warmer Schokolade und Vanille durch den Bezirk.

Als es Frühling wurde, holte er sie an den Samstagen ab und sie fuhren in den Donaupark.

Im Jahr 1964 hatte auf der ehemaligen Mistablagestätte die Wiener Internationale Gartenschau stattgefunden, tausende Rosen und Narzissen, Azaleen- und Rhododendronsträucher waren angepflanzt, ein großer, künstlicher See, zahlreiche Teiche und Wasserbecken mit Fontänen angelegt worden. Es gab einen Kinderspielplatz, eine Liliputbahn und sogar einen Sessellift. Die größte Attraktion war der Donauturm, dessen Bauarbeiten bereits im Oktober 1962 begonnen hatten. Er war 252 Meter hoch, und das Besondere war, dass sich im Turm, auf 170 Metern Höhe, ein sich drehendes Restaurant befand. „Wie kommt man denn da hinauf?“, fragte Christine, als sie davorstanden. „Mit einem Lift oder auf Stiegen“, antwortete Othmar. „Fahren wir hinauf?“ „Vielleicht ein andermal.“ „Aber könnten wir nicht die Stiegen hinauf gehen?“ „Es sind 779 Stufen!“ Da schüttelte sie hastig den Kopf. Hand in Hand schlenderten sie durch den Park, besuchten den Teich, der mit Blüten übersät war, und sahen den Gärtnern bei der Arbeit zu.

An den Sonntagabenden lief eine Fernsehreihe, in der österreichische Landschaften und Baudenkmäler gezeigt wurden; ein Schauspieler aus Wien rezitierte

Gedichte und lyrische Texte. Der Fernsehapparat, den Othmar vor drei Jahren gekauft hatte, stand auf einem runden Holztisch in der Ecke. Christine saß auf Othmars Knien, gemeinsam sahen sie *Der Fenstergucker*, so hieß die Serie. Gleich zu Beginn erschien im Bild das Portrait eines Dombaumeisters, das sich auf der Kanzel des Wiener Stephansdomes befand. Wenn die Kennmelodie erklang, hielt Christine ganz still. Nicht immer verstand sie, was der Schauspieler sagte, aber das machte ihr nichts aus, sie hörte gern seine Stimme. Viktor hatte begonnen, sich in die Romane von Karl May zu vertiefen, die sich auf seinem Nachtkästchen stapelten. An einem Sonntagnachmittag kaufte ihm Othmar Kinokarten für *Der Schatz im Silbersee.* Viktor beobachtete fasziniert, wie Winnetou und Old Shatterhand durch die Gebirgslandschaften mit den weißen Kalkfelsen und den grünen Seen ritten und aus den Kämpfen, die sie gegen ihre Feinde führten, als Sieger hervorgingen. Er war begeistert vom „Wilden Westen" Amerikas. Dass der Film in Jugoslawien gedreht worden war, wie er später erfuhr, war ihm gleichgültig.

Immer wieder ging er zur Milchfrau, bei der es Sammelbilder gab. In der Schule zeigte er sie seinen Freunden und wurde von ihnen beneidet.
Im Sommer fuhren sie an den Wochenenden an die Alte Donau zum Schwimmen. Die Kinder spielten ausgelassen im Wasser, während Helene lesend im Schatten der Pappelalleen lag, die die Wege durch das Bad säumten. Mittags saßen sie unter bunten Sonnenschirmen im Restaurant-Pavillon am Wasser und betrachteten die Segelboote, die am Ufer angebunden waren und auf und nieder schaukelten. Othmar griff nach Helenes Hand und eine tiefe Zufriedenheit erfüllte ihn.
Es war die glücklichste Zeit in seinem Leben.

DAS ENDE VOM LIED

Im Dezember 1968 bekam er einen Brief von Franks Frau. Er las ihn, als er vom Nachtdienst heimkam.

"Dear Othmar, unfortunately I have to inform you that Frank died in a car accident. I don't know you personally, but Frank kept talking about you and the time in the camp. Sincerely, Beth"

Sie hatte ein Foto beigefügt, auf dem Bild trug er seine Uniform und hatte einen strahlenden Blick.

Othmar ließ den Brief fallen und trat ans Fenster, der Mond schien herein. Helene und die Kinder schliefen, er starrte in die Nacht. Frank! Kein Leben mehr in ihm!

You're a fine guy, Othmar.

Frank! Verloschen wie die Flamme einer Kerze!

I hope you got home safely. I didn't put chewing gum in the package, I got the impression that you didn't like it. I would be happy to hear from you again. Greetings from America!

AUF WIEDERSEHEN!

Es würde kein Wiedersehen mehr geben.

Sein Herz klopfte so heftig, als wäre es in seiner Brust zur Seite gerutscht. Er setzte sich hin und blickte zum Fenster hinaus, der Mond war hinter den Dächern verschwunden. Die Tür knarrte, er sah Helene hereinkommen, den Brief aufheben und lesen. Dicht neben ihm sank sie auf die Knie und sah ihn betroffen an.

„Was hat der Papa? Er ist so still in letzter Zeit." Christine half Helene beim Geschirr abtrocknen. „Onkel Frank ist gestorben." „Aber er war doch noch nicht alt!" „Er hatte einen Autounfall." Christine legte sorgfältig das Besteck in die Lade, dann verschwand sie in ihr Zimmer und packte ihre Buntstifte aus. Als Othmar abends heimkam, empfing sie ihn an der Tür. „Ich habe etwas für dich!" Er betrachtete die Zeichnung, ein Mann mit Flügeln schwebte durch die Wolken. Sie führte ihn ins Wohnzimmer, er setzte sich ans Fenster und sie kletterte auf seine Knie. „Bist du traurig, weil Onkel Frank gestorben ist?" Othmar nickte. „Aber er sieht dich doch!" Er erwiderte nichts. „Hast du ihn liebgehabt?" „Sehr." „Obwohl er so weit weg war?" „Das hat nichts damit zu tun." „Woher kennst du ihn?"

„Wir haben uns in Amerika kennengelernt.“ „Wann warst du in Amerika?“ „Das ist sehr lange her.“ „Warum warst du dort?“ „Das ist eine lange Geschichte.“ „Ist sie schön?“ Er streichelte ihr Haar. „Es gibt schönere.“

Er fühlte sich nicht wohl. Das Durcheinander der Laken morgens in seinem Bett zeugte von der unruhigen Nacht, in der er mehrmals aufgewacht war und Durst verspürt hatte. Als er in der Straßenbahn saß, fühlte er ein Brennen in der Brust, das sich in seinen linken Arm ausbreitete. Bevor er aufstand, musste er sich kurz am Sitz festhalten. „Ist Ihnen nicht gut?“, fragte eine Frau. Er schüttelte den Kopf. Bei der Universität sah er Studenten mit Plakaten, auf denen Für die akademische Freiheit! geschrieben stand. Freiheit, dachte er bei sich, was ist Freiheit? Er hatte das Gefühl, als bewegte er sich durch einen dichten Nebel und bekam nur schwer Luft. Im Restaurant trank er ein Glas Wasser und fühlte sich leichter. Am Abend ging er in den Stephansdom, was er sonst nie tat. Der Geruch von Weihrauch umfing ihn. Er zündete eine

Kerze an und blickte in die Flamme. Er musste an die gemeinsamen Spaziergänge mit Frank denken, die langen Gespräche, die sie geführt hatten.

So now I have a friend in Austria!

Othmar erinnerte sich an das Paket, das Frank nach dem Krieg geschickt und wie sehr sich die Mutter darüber gefreut hatte.

I didn't put chewing gum in the package, I got the impression that you didn't like it.

Im Geist sah er Franks Gesicht vor sich; ein wehmütiges Lächeln zuckte um seine Lippen. *Fahr wohl, mein Freund!* Als er den Dom verließ, begann es zu schneien.

Obwohl er erst zweiundvierzig Jahre alt war, verspürte er eine Erschöpfung, die er bisher nicht gekannt hatte. Manchmal wachte er nachts auf und konnte nicht wieder einschlafen. Unruhig warf er sich hin und her, bis er das Bett verließ und ins Wohnzimmer ging. Er knipste die Stehlampe an und legte eine Schallplatte auf, den Ton ganz leise gestellt, um niemand zu stören.

Er hörte sich den zweiten Satz von Tschaikowskys Klavierkonzert in b-Moll an und beruhigte sich allmählich.
Grübelnd saß er da, sich fragend, was ihn nicht schlafen ließ. Es war eine schleichende Angst, die er sich nicht erklären konnte. Aber Angst wovor? Gab es jemand, der ihn verstehen konnte? Würde man ihn belächeln? Oder würde man ihn für verrückt halten? Er fand keine Antwort. Es war ihm, als ginge er im Kreis, und der Kreis wurde enger.
Als er Elias darauf ansprach, hörte ihm dieser aufmerksam zu. Es war ein Sonntag im Mai 1969, sie spazierten durch den Park und setzten sich auf eine Bank unter einer großen Kastanie. Othmars Blick verlor sich in den weißen Blüten, als Elias meinte: „Du arbeitest sechzig Stunden die Woche. Das ist zu viel! Lass dich einmal von einem Arzt anschauen." Auf dem Weg liefen zwei Jungen hin und her, sie sahen ihnen nach. Othmar seufzte und sagte dann: „Ich habe alles erreicht, was ich mir gewünscht habe." Elias schwieg eine Weile. Dann fragte er ihn: „Was willst du jetzt?"

Othmar betrachtete seine Hände und lächelte unsicher. „Einmal noch von vorn beginnen.“

Im Juli fuhr er mit Helene und den Kindern aufs Land. Viktor hatte die Angelrute mit, die Othmar ihm zum fünfzehnten Geburtstag geschenkt hatte, und ging mit den Jungen aus dem Ort zum Fischen. Sie suchten sich einen Platz am Ufer des Flusses, der sich tief in Felsen eingegraben hatte und im Licht smaragdfarben strahlte. Sein wildes Tosen rauschte Viktor in den Ohren, lange Zeit starrte er in das Wasser, gebannt von seiner Kraft.

Othmar und Helene spazierten mit Christine die Weizenfelder entlang, die Mohnblumen leuchteten und Christine jagte den Schmetterlingen hinterher. Othmar wollte ihr nachlaufen, aber plötzlich spürte er, dass seine Knie zitterten. Er blieb kurz stehen und holte tief Luft. Helene sah ihn irritiert an, doch er ignorierte ihren Blick und ging ruhig weiter. Als er am Wegesrand eine Kornblume entdeckte, bückte er sich, um sie zu pflücken, und hielt sie ihr hin. Er

lächelte dabei, als gäbe es nichts, das sie beunruhigen könnte.
Ganz in der Nähe lag ein See, die Sonne glitzerte und funkelte auf den Wellen. Sie nahmen sich zu viert ein Ruderboot, mit leisem Plätschern zog es eine Spur in die Wasseroberfläche. Sie wurden von Schwänen begleitet, die lautlos an ihnen vorbeiglitten. Nahe dem Ufer hingen die Bäume tief herab, ein leichter Wind setzte ein und strich durch das Schilf. Othmar hielt die Ruder fest in der Hand, als er einen Stich im Herz verspürte. Er ließ das Boot eine Weile treiben. „Soll ich dich ablösen?“, fragte Viktor. Sie tauschten ihre Plätze, das Boot schwankte und Christine lachte vor Vergnügen laut auf. Von Westen her zogen Wolken auf und schlossen sich zu einer trüben Front zusammen. Der Wind schlug um und blies Helene das Haar von allen Seiten ins Gesicht. „Fahren wir lieber zurück!“, rief sie. In der Ferne rollte ein Donner. Schon fielen die ersten Regentropfen, ein Blitz erhellte den Himmel. Sie erreichten das Ufer, Sturmböen rissen an den Bäumen, Helene und die Kinder stellten sich im Bootshaus

unter und Othmar eilte davon, um das Auto zu holen. Als sie auf der Heimfahrt waren, schlugen heftige Regenfälle nieder. „Gerade war es noch so schön!", sagte Christine leise, während sie aus dem Fenster blickte, ihre Schildkröt-Puppe fest an sich gedrückt. Othmar erwiderte nichts, aber ihre Worte klangen in seinen Ohren nach. Draußen tobte der Sturm.

Kaum, dass sie in ihrem Quartier waren, rief Elias an; er ließ Othmar ans Telefon holen und erkundigte sich nach seinem Befinden. Kurz nachdem Othmar den Hörer aufgelegt hatte, trat die Vermieterin heran - sie war eine neugierige Person. „Ein Verwandter?" „Nein. Ein Freund." „Das muss ein sehr guter Freund sein!" „Der beste", lautete seine knappe Antwort.

Als sie nach Wien zurückkamen, fühlte er sich nicht erholt und suchte seinen Arzt auf. „Keine Zigaretten. Kein Kaffee. Und keinerlei Überanstrengung." „Ansonsten?" Der Arzt machte ein langes Gesicht, antwortete aber nicht, sondern klopfte ihm nur auf die Schulter.

Nachdenklich ging er in den Park, sein Lieblingsplatz, die Bank unter der großen Kastanie, war frei. Unter den breiten Blättern fühlte er sich geschützt. Seltsam, zu wissen, dass man zum Tod verurteilt ist, ging es ihm durch den Kopf. Aber war man das nicht von Geburt an? Der Gedanke, Helene und die Kinder verlassen zu müssen, tat ihm weh.
Er sah hinauf zum Himmel und verfolgte den Zug der Wolken. Sie lösten sich auf und Sonnenstrahlen fielen auf sein Gesicht, er fühlte ihre Wärme und nahm sie mit allen Sinnen in sich auf. Ein Vogel hüpfte zwitschernd von Ast zu Ast, Othmar sah ihm zu und fasste einen Entschluss. Er würde vorsichtiger sein. Und er würde Helene nichts sagen, sie sollte nicht erfahren, wie es um ihn stand. Auf keinen Fall wollte er, dass sie sich Sorgen machte. Er legte die Hand auf sein Herz, als wollte er es beruhigen, es bitten *Lass mich nicht im Stich!*
Eine ganze Weile saß er so da, es kam ihm vor, als hörte er Herrn Rosens Stimme. *Bist du hungrig, so singe, schmerzt dich etwas, so lache.* Langsam stand er

auf und sagte sich, dass es vor allem darauf ankam, sich nichts anmerken zu lassen. Er würde es versuchen.

Im darauffolgenden Jahr bemühte er sich, alles ruhiger zu tun und so sicher zu gehen, wie er konnte. Manchmal fühlte er sich wie der Beobachter eines Lebens, das nicht mehr ganz das seine war. Er betrachtete die Menschen mit einer milden Gleichgültigkeit und suchte häufig die Stille.

Helene ging mit ihrer Freundin ins Konzert, Viktor war mit seinen Freunden unterwegs. „Spiel mir doch etwas von Mozart vor!“, forderte er Christine auf, als er abends mit ihr allein war. Sie setzte sich ans Klavier und er versank in einer Welt der Zufriedenheit. Das Kind hatte einen so zarten Anschlag! In seinen Träumen war es Sommer. Ein kleiner Junge ging in den Wald, er wollte seiner Mutter Blumen pflücken. Derselbe Junge saß mit seinem Freund am Bach, sie warfen Steine hinein …

„Geht es dir gut? Du schaust traurig aus!“ Christine hatte zu spielen aufgehört. Er zog sein

Stofftaschentuch heraus und wischte sich über die Augen. „Du spielst so schön“, sagte er leise. Sie nahm ihn an der Hand. „Gehen wir noch ein bisschen in den Park?“ Sie liebte die Spaziergänge am Abend, der Park hatte dann einen ganz eigenen Zauber. Aus den Fenstern der Häuser, an denen sie vorbeikamen, fiel Licht, die Straßenlaternen warfen dunkle Schatten. Es waren kaum noch Leute unterwegs.

Im Park begegneten ihnen die zwei Herren, die im Nachbarhaus zusammenwohnten. Christine wusste, dass über die beiden gelacht wurde und grübelte darüber nach. Othmar unterhielt sich mit ihnen über das kühle Wetter und sie beobachtete, wie der ältere der beiden dem jüngeren ein Schaltuch umlegte. „Sind das Brüder?“, wollte sie später wissen. „Nein.“ „Warum hat er ihm den Schal umgebunden?“ „Weil es heute kühl ist.“ „Warum wohnen die beiden zusammen?“ „Wahrscheinlich, weil sie sich gernhaben!“ Sie gab sich mit der Erklärung zufrieden und hüpfte vergnügt weiter.

Sie kamen zum Spielplatz, Christine setzte sich auf eine der Schaukeln und schwang sich hoch hinauf. „Magst du nicht auch?“, rief sie Othmar zu. Er blickte um sich, wie um sich zu versichern, dass keiner zusah, und begann gemächlich, hin und her zu schaukeln. Ein leichter Wind streifte seine Stirn. Er konnte sich nicht mehr erinnern, wann er das letzte Mal auf einer Schaukel gesessen war. Mit Elias am Schulhof? Als wäre sie seinen Gedanken gefolgt, fragte Christine: „Warum hat der Onkel Eli eigentlich keine Frau?“ „Wer sagt dir, dass er keine hat?“ „Weil er nicht verheiratet ist!“ „Deswegen kann er trotzdem eine Frau gernhaben.“ „Warum hast du die Mama geheiratet?“ „Weil wir es beide wollten.“ „Und der Onkel Eli will *nicht* heiraten?“ „So ist es.“ „Komisch.“

Sie sprang von der Schaukel und schlug ein Rad. „Komm, wir gehen weiter!“, drängte sie und hängte sich bei Othmar ein. „Wie warst du als Kind?“ „Kleiner als jetzt.“ „Warst du so wie ich?“ „Wie bist du denn?“, fragte er und blinzelte ihr zu; sie schüttelte verärgert den Kopf. „Aber das weißt du doch.“ Als sie beim Teich angelangt waren, folgten seine Augen dem Wasserspiel der Fontäne. „Du findest leicht das Glück.“ „Was?“ „Du hast die Gabe, dich besonders freuen zu können.“ „Kann das nicht jeder?“ „Nicht so wie du. Es ist wichtig, das Schöne zu sehen.“ „Was ist am wichtigsten?“ „Dass du bei allem, was du tust, immer ein Mensch bleibst.“ Christine schwieg, dann zeigte sie auf den Himmel. „Was ist das für ein Stern, der da neben dem Mond?“ „Ich glaube, das ist Jupiter. Aber das ist kein Stern, sondern ein Planet.“ „Was ist der Unterschied?“ „Der Stern leuchtet von selbst.“ „Ist der Mond ein Stern?“ „Nein.“ „Aber wieso leuchtet er dann?“ „Weil er von der Sonne angestrahlt wird.“ „Also ist die Sonne ein Stern?“ „So ist es.“ Sie verließen den Park und kamen an der Schule vorbei, die Christine in einem Jahr besuchen würde. „Warst du auch im Gymnasium?“ „Nein, ich war nur in der Hauptschule.“ „Aber du weißt so viel.“ Othmar konnte ein Lächeln nicht verbergen. „Das kommt dir nur so vor. Du wirst noch viel lernen, viel mehr als ich. Und du weißt ja, die Mama sagt immer, was du lernst, kann dir keiner mehr wegnehmen."

Als Christine eingeschlafen war, stahl er sich auf Zehenspitzen in ihr Zimmer und strich ihr über das Haar. *Bist ein gutes Kind.* Die Worte seiner Mutter fielen ihm ein.

Zu seinem vierundvierzigsten Geburtstag im Dezember 1970 lud ihn Elias ins Kino zu *Die Dinge des Lebens* ein, einem neuen Film aus Frankreich. Michel Piccolis Darstellung eines Sterbenden ging ihm nahe. *„Fürchtet man sich, wenn man stirbt?"*

Auf dem Weg ins Kaffeehaus war er ungewöhnlich still. „Ist alles in Ordnung mit dir?", fragte Elias, bevor sie eintraten. „Du hast schon besser ausgeschaut!", meinte er mit einem Blick auf Othmars bleiches Gesicht. Als er immer noch keine Antwort bekam, berührte er ihn am Arm. „Bedrückt dich etwas?" Othmar schüttelte den Kopf und rang sich ein Lächeln ab.

Nachdem der Kellner eine Flasche Sekt in einem Eiskübel auf den Tisch gestellt und ihnen eingeschenkt hatte, hob Elias sein Glas und sie stießen miteinander an. „Auf dich, mein Freund!“ Othmars Blick fiel auf die Zeitung, die auf der Bank lag; nachdenklich betrachtete er das Foto des neuen Bundeskanzlers und meinte dann: „Ich glaube, der Kreisky ist ein guter Mann. Was er da gesagt hat, von seinem vornehmsten Ziel, dass alle Bürger vor dem Gesetz gleich werden, hat mir gefallen. Und dass es für jeden einen Aufstieg geben soll, damit es alle besser haben.“ Elias nickte. „Er stellt Ideelles vor Wirtschaftsangelegenheiten, das ist neu.“ „Hoffentlich bekommt er bei den nächsten Wahlen die Mehrheit.“ „Davon bin ich eigentlich überzeugt. Prost, Othmar, auf dein Wohl – und auf das vom Kreisky!“

Es war ein seltsamer Abend. Othmars Gedanken kreisten um den Film; er war gedrückter Stimmung und spürte, dass er Kopfschmerzen bekam. Es gelang ihm nicht, sich zu konzentrieren, das Zuhören fiel ihm schwer. Elias gab sich alle Mühe, ihn zu unterhalten, bis er meinte: „Nicht dein Tag heute, stimmt's?“ Er sah ihn prüfend an. Othmar nickte zerstreut. „Verzeih mir bitte. Ich weiß selbst nicht, was mit mir los ist.“ Elias betrachtete ihn aufmerksam. „Willst du darüber reden?“ „Nein“, antwortete Othmar rasch. „Es ist so, wie du gesagt hast. Nicht mein Tag heute.“ Dann, wie einer inneren Eingebung folgend, meinte er plötzlich: „Du bist mir immer ein guter Freund gewesen.“ Elias schüttelte verwirrt den Kopf. „Warum sagst du das jetzt?“ Statt zu antworten, warf Othmar ihm nur einen Blick zu und nickte schweigend. Darauf wusste Elias nichts zu erwidern, er verbarg seine Betroffenheit und eine unangenehme Stille trat ein. Sie tranken aus und verließen bald darauf das Kaffeehaus.

Als sich ihre Wege trennten, blieb Elias nach ein paar Schritten stehen. Er wandte sich um und sah Othmar sorgenvoll nach, davon überzeugt, dass er etwas vor ihm verbarg. Was war los mit seinem Freund? Er vergrub die Hände in den Manteltaschen

und machte sich auf den Heimweg. Ein kalter Wind wehte ihm ins Gesicht.
Kaum, dass Othmar daheim war, ging er ins Badezimmer und sah sich in den Spiegel. Die Haut um Mund und Nase war fahl, er kam sich wie ein Fremder vor. Seine Augen hatten etwas Starres und es schien, als hätten sie an Farbe verloren. Oder bildete er sich das nur ein? Er ärgerte über sich selbst. *Hör auf damit,* sagte er zu sich, *mach dich nicht kränker, als du bist.* Im Wohnzimmer setzte er sich in den Lehnstuhl und lauschte in die Stille. Es war weit nach Mitternacht, als er zu Bett ging und in einen traumlosen Schlaf fiel.
In der Nacht zum 24.Dezember begann es zu schneien, bis zum frühen Morgen lag eine dicke Schneedecke über Wien. Als Othmar am Heiligen Abend die Junghans-Armbanduhr auspackte, die Helene ihm gekauft hatte, sagte er, und sein Lächeln war bitter: „Jetzt weiß ich, wann mir die Stunde schlägt!“ Christine wartete geduldig, bis ihm Viktor sein Geschenk - eine von ihm selbst angefertigte Laubsägearbeit - überreicht hatte.

Dann gab sie Othmar ein Blatt Papier, auf das sie ein Gedicht für ihn geschrieben hatte. „Du musst es gleich lesen!“

Wenn mein Vater mit mir geht,
dann hat alles einen Namen,
Vogel, Falter, Baum und Blume.
Wenn mein Vater mit mir geht,
ist die Erde nicht mehr stumm.
Kommt die Nacht und kommt das Dunkel,
zeigt mein Vater mir die Sterne.
Er weiß, wie die Menschen leben,
weiß, was recht und unrecht ist,
sagt mir, wie ich werden soll.

In dem Blick, mit dem er sie ansah, lag ein Ausdruck, den sie nicht deuten konnte. Sie sah ihn unsicher an. „Wir haben es in der Schule gelernt. Gefällt es dir?“ Er faltete das Blatt und steckte es in seine Geldbörse. Dann nickte er und sagte: „Jetzt habe ich es immer bei mir.“ Ihre Augen begannen zu strahlen.

Sie saßen lange beisammen, er betrachtete zufrieden die Gesichter der anderen und dachte:
Es ist gut, wie es ist. Möge es uns nie schlechter gehen!
Als er neben Helene im Bett lag, griff er nach ihrer Hand und küsste sie.
Am letzten Weihnachtsfeiertag nahm er die Mundharmonika aus der Schublade seines Nachtkästchens und spielte das Dachsteinlied. Er merkte, dass ihm dabei Tränen über die Wangen liefen, er konnte es nicht verhindern. Kurz darauf machte er sich auf den Weg in den Park. Bäume und Sträucher waren in Schnee eingehüllt. Kein Laut war zu hören, nur das Knirschen seiner Sohlen auf dem gefrorenen Weg. Es war klirrend kalt, auf dem Teich lag eine dicke Eisdecke. Othmar sah, wie sein Atem Nebelwolken bildete und hüllte sich tiefer in seinen Schal.
Christine war bei einer Freundin eingeladen, danach wollte sie ihn bei seinem Lieblingsplatz unter der großen Kastanie treffen. Beinahe glitt er auf dem vereisten Boden aus und musste lachen, sein Lachen ging in ein Husten über. Plötzlich wurden seine Wangen heiß, als

er die Bank erreichte, kämpfte er mit dem Atmen, er lockerte den Schal und tastete nach der Lehne. Langsam ließ er sich auf der Bank nieder. Christine würde bald kommen. Ihm fiel ein, dass er das Gedicht lesen könnte, das sie ihm geschenkt hatte und kramte in der Brieftasche, als ein stechender Schmerz in seinem linken Arm hochschoss; er hatte das Gefühl, er würde von einem Eisenpfahl durchbohrt. Er lehnte sich zurück und schloss die Augen, der Duft von frischem Schnee lag in der Luft. Als letztes vernahm er Kinderstimmen und sein Mund verzog sich zu einem Lächeln. Der Zettel fiel zu Boden.

Aus einiger Entfernung sah Christine ihn auf der Bank sitzen. Er war schon da! Sie winkte ihm zu und begann zu laufen.

ANMERKUNGEN

Seite 34: „Was wir von unserer deutschen Jugend wünschen, ist etwas anderes, als es die Vergangenheit gewünscht hat. In unseren Augen da muss der deutsche Junge der Zukunft schlank und rank sein, flink wie ein Windhund, zäh wie Leder und hart wie Kruppstahl. Wir müssen einen neuen Menschen erziehen, auf dass unser Volk nicht an den Degenerationserscheinungen der Zeit zugrunde geht. Wir reden nicht, sondern wir handeln. Wir haben es unternommen, dieses Volk durch eine neue Schule zu erziehen, ihm eine Erziehung zu geben, die schon mit der Jugend anfängt und nimmer enden soll." (Aus der Rede Adolf Hitlers auf dem dritten Parteitag der NSDAP am 15. September 1935 in Nürnberg)

Seite 83*: „Raubüberfall bei Neumarkt – Betrunkener Ausländer versorgte sich mit Schuhwerk" Beitrag aus der Murtaler Volkszeitung,*
https://anno.onb.ac.at/cgi-content/anno?aid=mtz&datum=19460518&seite=5&zoom=33&query=%22neumarkt%22&ref=anno-search

Seite 90*: „Mensch sein" Beitrag aus der Murtaler Volkszeitung,*
https://anno.onb.ac.at/cgi-content/anno?aid=mtz&datum=19460907&seite=1&zoom=33&query=%22neumarkt%22&ref=anno-search

Seite 101:
https://en.wikipedia.org/wiki/Man%27s_Search_for_Meaning

Seite 117: Thomas Mann zu Besuch bei Bürgermeister Jonas,
https://www.wien.gv.at/presse/historische-rk/1952/-/asset_publisher/wlyuW1CMwd9x/content/november-1952?redirect=%2Fweb%2Fpresse%2Fhistorische-rk%2F1952&inheritRedirect=true

Seite 136: Rede von Bundeskanzler Dr. Julius Raab am 1.1.1961
https://oe1.orf.at/artikel/646660/Die-1960er-Jahre-Teil-1

Seite 142: Attentat auf John F. Kennedy
https://oe1.orf.at/artikel/646664/Die-1960er-Jahre-Teil-3

Seite 168: Gedicht von Josef Guggenmos,
Wenn mein Vater mit mir geht

Schnitzarbeit von 1945, North-Carolina
(Quelle: Fotos aus Privatbesitz)

Autorin: Brigitte Baur

Umschlaggestaltung: Buchschmiede mit freundlicher Genehmigung von Wolfgang Bucek

Lektorat / Korrektorat: Jasmina Cavkunoviv

Druck und Vertrieb im Auftrag der Autorin: Buchschmiede von Dataform Media GmbH, Wien

Besuche uns online

ISBN:
978-3-99139-618-5 (Paperback)
978-3-99139-617-8 (E-Book)

PRINTED IN
AUSTRIA